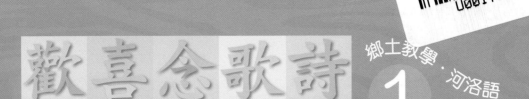

歡喜念歌詩

鄉土教學・河洛語

1

麒麟鹿欲坐車

歡喜念歌詩 ①

河洛語
麒麟鹿欲坐車

主題一 真伶俐（我是好寶寶）

壹 本文

貳 親子篇──我嘛會............... 17

參 補充參考資料................. 19

主題四 身軀愛清氣（衛生保健）

序

　　語言，不論是外語或方言，都是一扇窗，也是一座橋，它開啓我們新的視野，也聯結不同的族群與文化。

　　河洛語是中國方言的一種，使用的地區除了福建、台灣之外，還包括廣大的海外地區，例如東南亞的菲律賓、泰國、馬來西亞、印尼、新加坡、汶萊，以及美國、加拿大、澳洲、紐西蘭、與歐洲、中南美洲的台僑社區。根據格萊姆絲（Barbara F. Grimes）女士在2000年所著的民族語言（Ethnologue, 14 ed.）一書中估計，全球以河洛語作母語的使用者有四千五百萬人，國內學者估計更高達六千萬人。今年九月，美國哈佛大學的東亞系首開西方大學風氣之先，邀請台灣語言學家與詩人李勤岸博士開授河洛語課程；河洛語的普及與受重視的程度，乃達到歷史的新高。

　　我是一個所謂「外省第二代」的台灣人（用最時髦的話說，是「新台灣人」的第一代），從小在台北最古老、最本土的萬華（艋舺）長大，居住的大雜院不是眷村，但是幾乎全部是外省人，我的母語並不是國語，而是湖南（長沙）話，平常跟河洛語雖有接觸，但是並不深入，因此一直說得不流利。我的小學（女師附小）、初中（大安初中）、高中（建國中學）、大學（台大），都是在台北市念的，同學之間大都說國語，很少有說河洛語的機會，在語言的學習上，自然是跟隨社會上的大潮流走─重視國語與外語。大學畢業後，服兵役在南部的左營，本該有不少機會，但是軍中不准講河洛

語，只有在當伙委去市場買菜，或假日到高雄、屏東遊玩的時候，才有機會講講。退伍後立即出國留學，接觸機會又變少了，一直到二十年前回國服務，才再恢復對河洛語的接觸。

　　我開始跟方南強老師正式學河洛語，是一九九六年九月，當時不再擔任部會首長，比較有時間、有系統地學習河洛語，但是每週也只有二個小時。次年辭卸公職，回政大法律系教書，一年後參選並當選台北市長，每週一次的河洛語課一直未中斷。這五年來，我的河洛語有了不少的進步，一直有一個心願，就是為下一代打造一個可以方便學習各種母語的環境，以縮短不同族群背景市民間的距離。

　　我的第一步，是在台北市的幼稚園教唱河洛語歌謠與簡單的會話，先從培訓師資開始，在八十八年的暑假開了十八班，幼稚園的老師們反應熱烈，參加的老師達五百四十人。當年九月，台北市四百十一所幼稚園全面開始教河洛語歌謠與會話，八個月後，二五七位托兒所的老師也完成了講習，河洛語的教學乃擴張到六百零二家托兒所，可謂盛況空前。這本書，就是當時教育局委託一群河洛語學者專家（包括方老師）所撰寫的教本，出版當時只印了兩千本，很快就用光了，外縣市索取者眾，實在供不應求。最後決定在教育局的支持下，由作者委託正中書局和遠流出版公司聯合出版。

　　這本書內容淺顯而豐富，既有傳統教材中鄉土的內涵，也有現代生活中的特色。此外，設計精美的詩歌讀本，更能吸引學生興趣並幫助學生的記憶，可說是一大創舉。我對這本書有如下的期望：

—讓不會說河洛語的孩子能跟他們的父母、阿公阿媽更有
  效的溝通，增進親子關係；
—讓不會說河洛語的外省、客家、原住民孩子能聽、能講
  河洛語，增進族群和諧；
—讓河洛語推陳出新，納入更多現代生活的內涵。

　　台灣人的母語當然不只有河洛語，客語及原住民語也應
該學習。今年九月，全國的國民小學開始實施九年一貫課程
，教育部要求小一學生必須在河洛語、客語及原住民語這三
種母語中，選擇一種。台北市的要求，則是除了必選一種之
外，對於其他兩種母語，也要學習至少一百句日常用語或若
干歌謠，這樣才能避免只選修一種可能帶來的副作用。這一
種作法，我曾跟教育部曾志朗部長交換意見，也獲得他的支
持。相關的教材，都在編撰出版中。

　　族群和諧是台灣人必走之路，語言的學習則是促進和諧
、帶動進步最有效的方法。希望這一本書的出版，能為這一
條必走之路，跨出一大步。

馬英九
民國九十年十月五日

編輯大意

一、教材發展的目的和意義

幼稚園的鄉土教育由來已久，由於學前階段的課程是開放的，不受部定教材的規定，時間上也非常自由，沒有進度的限制，實在是教育者實現教育理念的沃土，其中鄉土教育也隨著文化保留的世界潮流而受到重視，成為課程中重要的部分。

母語是鄉土教育的一環，到今天母語的提倡已不再是意識型態的問題了，而是基於文化傳承和尊重每一個文化的觀點。今天母語要在幼稚園開放，並且編寫教材，使幼兒對鄉土有較深入的接觸，可以培養出有包容力的情懷，和適應多元社會的能力。

但是，母語教材如何在一個開放的教育環境內使用，而仍能保持開放的原則？這是大家所關心的，基於此，在教材的設計、編排上有異於國小。在功能上期望能做到：

㈠ 營造幼兒河洛語的學習環境。

㈡ 成為幼兒河洛語文化探索的資源之一。

綜合上述說明，歸納教材發展的意義如下：

㈠ 尊重多元文化價值。

㈡ 延續河洛語系文化。

㈢ 幼兒成為有包容力的現代國民。

㈣ 幼兒發展適應多元化社會的能力。

二、教材特色

這套教材無論在架構體系上，內容上的規畫，創作方式上及編排的形式上都有明顯的風格和特色。如架構體系的人文主義色彩，教材的生活化、創作的趣味化和啟發性以及應用上的彈性和統合性等，現分述如下：

㈠ 人文化：

本套教材不僅考慮多元的教學法使用之方便，而設計成與眾不同的裝訂方式，而且內容也以幼兒為中心，配合全人教育的理念，在河洛語系文化中探索自我及個人與他人、個人與社區鄉里、個人與民族、個人與世界，乃至於個人與大自然的關係，使語言學習成為全人教育的一環。這是由五位童詩作家主筆的，所以都是詩歌體，他們在創作時，時時以幼兒為念，從幼兒的角度出發，並將幼兒與文化、環境密切結合。

㈡ 生活化：

幼兒學習自經驗開始才能達到學習效果，母語學習與生活結合，便是從經驗開始，使生活成為學習母語的真實情境，也使學習母語成為文化的深度探索。語言即文化，文化即生活，深入生活才能學好語言。這些童語，有濃厚的鄉土味，取材自鄉土文化，讓人有親切感。同時這是台北市所編寫的教材，自然也以台北市為背景，在創作時是以都會區幼兒的生活實況和需要為基礎的。因此也會反映生活的現代面，譬如適切使用青少年的流行語言，使教材兼具現代感，讓幼兒學到傳統的，同時也是現代的河洛

語，使河洛語成爲活的語言，呈現新的風貌。

㈢ 趣味化：

爲了引起幼兒對學母語的興趣，教材無論在內容上、音韻上均充滿童趣。教材雖然以詩爲主，但是大多的詩是生活化的白話語句，加上音韻，目的使幼兒發生興趣，而且容易學到日常語言，尤其是一些較難的名稱。此外，內容有「寓教於樂」的效果，而沒有明顯的說教，或生硬的、直接的表達，使之念起來舒暢、聽起來悅耳，幼兒樂於念誦。此外，詩歌的呈現方式有創新的改變，其一，將詩中的名詞以圖象表現，使詩歌圖文並茂；其二，詩歌的排列打破傳統方式，採用不同形狀的曲線。如此使課文的畫面活潑生動而有趣，並增加了閱讀時的視覺動感。

㈣ 啓發性：

啓發來自間接的「暗示作用」。教材中充滿了含蓄的意義，發人省思。此外，這些白話詩大多數是有很明顯的故事性。凡此均能使親師領會後引導幼兒創造延伸，並充分思維，透過團體互動，幼兒的思維、感受更加豐富而深入。教師可應用其他資源，如傳說、故事書、神話等加以延伸。此外，有啓發性的教材會引發多方面的活動，增加了教材的應用性。

㈤ 統合性：

雖然母語教材以單一的形式呈現，但其內容有統合的功用。多數的詩文認知性很強，譬如教幼兒某些物件的名稱、功能等，但由於其間有比喻、擬人化，又有音韻，它就不只是認知性的了，它激發了幼兒的想像力，提供了創造的空間，並使幼兒感受到詩辭的優美，音韻的節奏感而有延伸的可能。詩文延伸成音、律活動、藝術性活動，而成爲統合性的教材。

㈥ 適用性：

1. 適用於多元的教學方式

   幼稚園教學種類並非統一的，從最傳統到最開放，有各家各派的教學法，所以在編排時要考慮到人人能用，並不專爲某種教學法而設計。

2. 適用於較多年齡層

   本教材不爲公立幼稚園一個年齡層而設計，而考慮多年齡層，或分齡或混齡編班均可使用。所以編排不以年齡爲其順序。教材提供了選擇的可能性。較大年齡層要加強「應用」面，以發揮教材的深度和彈性，這便取決於教師的使用了。

3. 彈性與人性化，這是一套反映幼兒文化的教材，在時間與預算的許可下，內容應該繼續充實。這活頁的裝訂方式不但便於平日抽用，更便於日後的增編、修訂，發展空間無限。

4. 本書另附有(1)簡易羅馬拼音發音介紹及練習(2)羅馬音標及台灣河洛語音標對照表方便查考使用。

三、內容結構

　　全套共有二十六個主題（詳見目錄），分別由童詩作家，河洛語專家執筆，就各主題創作或收集民間童謠，彙集而成。這二十六個主題分爲五篇，依序由個人擴充到同儕及學校生活、家庭與日常生活、社區及多元文化，乃至於大自然與環境。每篇、每個主題及每首詩及所有配合的教學活動均爲獨立使用而設計的，不以難易的順序編排，每個主題包含數首童詩。

㈠ 個人：以 [乖囝仔] 爲主題包括——

    1. [眞伶俐]（我是好寶寶）

    2. [心肝仔]（身體）

    3. [平安上歡喜]（安全）

    4. [身軀愛清氣]（衛生保健）

㈡ 家庭與日常生活：以 [阮兜] 爲主題包括——

    1. [嬰仔搖]（甜蜜的家）

    2. [媽媽披衫我幫忙]（衣服）

    3. [枝仔冰]（家常食物）

    4. [瓜子　果子]（常吃的蔬果）

    5. [阿珠仔愛照鏡]（日用品）

    6. [電腦及鳥鼠仔]（科技生活）

㈢ 同儕與學校生活：以 [好朋友] 爲主題包括——

    1. [我有眞濟好朋友]（學校）

    2. [辦公伙仔]（遊戲與健康）

    3. [小蚼蟻會寫詩]（美感與創造）

    4. [這隻兔仔]（數的認知）

    5. [阿英彈鋼琴]（音感學習）

㈣ 社區及多元文化：以 [好厝邊] 爲主題包括——

    1. [好厝邊]（社區）

    2. [一路駛到台北市]（交通）

    3. [廟前弄龍]（節日習俗）

    4. [囝仔兄，坐牛車]（鄉土風情）

    5. [咱是一家人]（不同的朋友）

㈤ 大自然與環境：以〔溪水會唱歌〕爲主題包括——

1. 〔落大雨〕（天氣）
2. 〔寒天哪會即呢寒？〕（季節）
3. 〔火金姑〕（小動物）
4. 〔小雞公愛唱歌〕（禽畜）
5. 〔見笑草〕（植物）
6. 〔溪水會唱歌〕（環境保育）

四、編輯形式

整套教材共分三部分：親師手冊（歡喜念歌詩第一至五冊）、輔助性教具ＣＤ片及詩歌讀本，未來要發展的錄影帶等。

每篇一冊共五冊，兼具親師教學及進修兩種功用。

1. 親師手冊內容分：學習重點、應用範圍、童詩本文及註解、配合活動（及其涉及的學習與發展和教學資源）、補充資料、及其他參考文獻。
2. 「學習重點」即一般之教學目標，本教材以「學習者」爲中心，親師要從幼兒學習的角度去思考，故改爲「學習重點」。由編輯教師撰寫。
3. 在「童詩註解」中附有注音，由童詩作家及河洛語專家撰寫。
4. 在「配合活動」中提出所需資源並詳述活動過程，使親師使用時能舉一反三。學習重點、應用範圍、及配合活動由教師撰寫。

5. 「相關學習」：是指一個活動所涉及的領域和發展兩方面，以「學習」取代「領域」，是爲了使範圍更廣闊些，超越一般固定的領域界線。

6. 「補充資料」：有較難的詩文、諺語、謎語、簡易對話、歌曲、方言差異、異用漢字等，由童詩作家及河洛語專家提供。

五、撰寫方式

本教材所採用的詞語、發音等方面的撰寫，說明如下：

㈠ 使用語言

1. 本文（歌謠）部分採用河洛語漢字爲書面用語。

2. 親師手冊的說明，解釋部份均用國語書寫。另外補充參考資料裏的生活會話、俗諺、謎語等仍以河洛語漢字書寫。

㈡ 注音方式

在河洛語漢字上，均加註河洛語羅馬音標，方便使用者能迅速，正確閱讀，培養查閱工具書的能力。

㈢ 漢字選用標準

用字，以本字爲優先選用標準，如沒有確定之本字，則以兼顧現代社會語言的觀點和實用性及國語的普及性、通用性爲主，兼顧電腦的文書處理方式，來選擇適切用字。另外，具有相容或同類之參考用字，於親師手冊補充資料中同時列舉出來，以供參考。

㈣ 方言差異

1. 方音差異：本書採用漳州音爲主之羅馬音標，但爲呈現歌謠之音韻美，有時漳州、泉州音或或其他方音也交替混合使用。

2. 語詞差異：同義不同説法之用語，在補充參考資料中，盡可能列舉出，俾便參考使用。

3. 外來用語：原則上以和國語相通之用語爲選用標準，並於註解中説明之。

六、應用原則

這是一套學習與補充教材。教師在使用本教材時，宜注意將河洛語的學習和幼兒其他學習活動互相結合，使幼兒學習更加有趣。因此河洛語不是獨立出來的一門學科。學習的過程建議如下：

㈠ 在情境中思維和感覺

語言不是反覆的朗誦和背記，與其他活動結合，使幼兒更能瞭解語言的情境脈絡。誠如道納生（M. Donaldson）所説，印地安人認爲「一個美國人今天射殺了六隻熊」這句話是不通順的，原因是這是不可能的事，這是美國人做不到的。因此，語言不再是單純的文法和結構問題，而是需要透過思維掌握情境脈絡，主動詮釋，所以語言需要主動的學習和建構。

建構的過程是帶有感性的。教師在使用圖卡時，可以邀請幼兒一起想一想這張圖、這首詩和自己的生活經驗有何關係？它使你想到了什麼？感覺如何？由此衍生出詩的韻律感、美感。

教師也可以和幼兒根據這些教材編故事，延續發展活動。

㈡ 團體互動中學習

團體可以幫助幼兒學習更爲有效。幼兒透過和他人的互動會習得更豐富的語言，語言本來就在社會人群中學來的！語言學習要先了解情境意義以及說話者的意圖，在學校裡，語言可以經由討論和分享使語辭應用、詮釋更多樣、更廣泛，觀念、意義，經過互動而得以修正，使之更加明確和深入。母語歌謠經過感覺、經驗分享後，也因而產生更多的創造性活動，無論是語言的，或超出語言的！而這是要靠團體互動才容易激發出來的。

㈢ 協助營造學習母語的文化環境

這即是一套輔助教材，應用的方式自然是自由、開放的。

將配有錄音、錄影的教材設置成教室裡的學習區，提供幼兒個別或小組學習。在自由選區的學習時間，幼兒會按照自己的興趣前來學念母語兒歌或童詩，此時幼兒會自動相互教念，教師也要前來指導、協助。教師也在此時對個別需要的幼兒進行個別指導。除了念誦，隨著CD片之播放之外，教師可在教室內的美術區提供彩色筆和畫紙，使有興趣的幼兒使用，將閱讀區的經驗畫下來、或畫圖、或塗符號，自由發揮。目前我們不刻意教寫字或符號，更何況河洛語語音符號尚未統一。專家發現，現行的符號系統太複雜，對幼兒不易，因此在符號沒有達成共識之前，幼稚園仍保持在圖象階段，符號的學習採取開放式。幼兒閱讀的書籍以圖象爲主，符號爲輔；幼兒在自然的情形下學會符號的意義。圖象提供了線索，同時也提供了寬廣的想像空間。幼兒先學會念誦後，在CD片協助下聽音，隨時都可以自然的學習閱讀符號，而不是逐字逐音特定時間教授。其實這種方式才符合幼兒語言學習的原理。

因此藉本教材之助,幼稚園在營造一個母語的文化環境,不是在學校的一隅,而是在每間教室的角落裡,溶入了每天的生活中。我們不能依賴這套教材,教師還需要自行尋求資源,配合單元和主題的需要。教材之外,學校裡要開放母語的使用,在生活中允許幼兒使用自己的語言(在幼稚園裡多可使用方言),以及推行各種方式的母語時間,使母語的學習更為生活化。

㈣ 教學活動由經驗開始,與教材連結

所有的教學活動都是以幼兒的經驗為基礎,對母語而言,除了日常生活的會話之外,教學活動中會需要一些教材。因此教材內容也要選取與經驗相關的才是。

但是經驗涉及到直接經驗與間接經驗的問題,幼兒的學習是否一定要限定在直接經驗裡?學習透過直接的操作後,無法避免就會進入書本、各類傳媒,乃至於電腦的資源中,如果幼兒對某個主題有興趣做深入探索的話。如恐龍、沙漠、無尾熊等主題,雖然有些社會資源如博物館、動物園等可以參觀,但是幼兒仍然會超越這個層次,進入資料的探索。

當然了,對某些幼稚園而言,幼兒只停在看得見的社區類主題上,教師帶領也較方便,但對於有閱讀習慣的幼兒而言,一定會要求找資料。自從維高斯基(Vygotsky)提出語言與思維、語言與文化的重要性之後,後皮亞傑的學者們也紛紛提出閱讀的重要。當然,幼兒的閱讀並不是密密麻麻的文字!道納生(M. Donaldson)認為口語語言不足以幫助兒童做深入的探索,她提出書本的好處:可以使人靜下來深思,可以帶著走,可以使人的思維不受現場的限制而提升思維層次等等,問題是,我們讓幼兒「脫離」現場經驗嗎?

在幼兒的生活及經驗分享中，幼兒的經驗早已超越了親身經驗，教師會發現媒體的比重是很大的！又如當幼兒談及某個主題時，有些幼兒會將看過的書告訴大家，知道的事比老師還多！時代在改變，「經驗」的定義還需要再界定。

因此幼兒學習母語雖從直接經驗開始，過程與直接經驗連結，但不限制在直接經驗裡。對書本類資源如此，對其內容而言也如此，與直接經驗相關，把較不普遍的經驗相關的內容，譬如「節日」、「鄉土風情」等，當作備索的資料，但不主動「灌輸」，只提供略帶挑戰性的方案主題作爲探索素材。

七、使用方法

教材之使用固然取決於教師，教師可以發揮個人的創造性，但爲了使教師瞭解本教材設計、創作的精神、建議使用方法如下：

1. 在每個主題的童詩中，基本上依難易程度抽取五至八首各代表不同年齡層的詩歌設計活動。五位作者所提供的詩歌多半適用於四歲以上幼兒，適用於四歲以下或六歲以上的較少。所以如果是混齡編班的園所，使用這套教材較爲方便，稍難一些的詩歌，在較大幼兒的帶領下，較小幼兒也可以學會。至於四歲以下，甚至三歲以下的小小班，就不適用了，尤其是傳統民間的歌謠，平均較難。

2. 「學習重點」涵蓋知、情、意統整的學習。

其中：

(1)幼兒以河洛語念詩歌。

(2)幼兒喜歡用河洛語念詩歌和溝通。

(3)幼兒將河洛語詩歌中的語詞用於日常溝通。

(4)幼兒表現詩歌的韻律和動感。

此四項為共同學習重點，在各別主題中不重述。「學習重點」以國語陳述，並且為了留給教師較多空間因而不採用行為目標的方式書寫。

3. 所設計之活動為「配合活動」，亦即配合和輔助一單元或主題的活動。「配合活動」在念誦之前或之後進行，這一點在活動過程說明中不再複述。活動多為念誦之外的其他發展性和應用性活動，如戲劇、繪畫、身體運動、音律、語文遊戲、創作等。

當然這並不表示活動、童詩不能單獨使用，譬如單獨的運動類、扮演類活動等，亦可成為日常活動的一部分。而童詩本身在幼兒等待的時間、活動中的銜接時間等，也可以很自然的隨時教他們念誦。

此外，活動是建議性的，只要與原來的主活動能搭配得很自然，詩歌的念誦不一定要有一個活動來配合。

4. 配合活動要充分顯示全人教育、統整性的課程特性，所以每首詩配以一個領域的活動，以原來的主題活動為中心，配合進去而發展出「統整性」的活動。此外，為確保達成每一個「學習重點」並使活動設計多元而不致過多的同質性，因而將每一首詩設計成不同領域的活動。但基本上每一首詩都可發展為語文活動，教師可在某一個領域活動後回歸到語文，譬如詞句的應用和創作活動，或將其他領域延伸成語文活動。

事實上，無論是那種領域，任何一個「配合」活動都至少涉及兩個以上的領域。亦即，無論以哪個領域為引導，由於是「配合」的，所以加上原來的語文活動，「配合」活動的性質都是統合性的，教師必不會只專注於某個領域上。更何況事實上每個「配合」活動其本身都已涉及了多種領域了。

5. 配合活動之整體過程均儘量以河洛語進行。

6. 「配合活動」要能發揮詩歌的教育性功能，能延伸其含義及拓展學習的內容。譬如詩文中引用的地名、水果、物品，乃至於形容詞、動詞，均可視情況而更換，在活動中擴大幼兒的經驗。

7. 「補充資料」：簡易的對話、謎語是為教師和幼兒預備的，教師選取簡易的用於幼兒。其他均是給教師的學習教材。

河洛語聲調及發音練習

河洛語八聲調

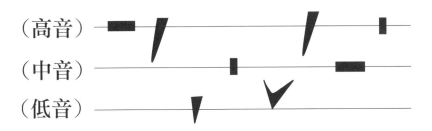

說明：河洛語第一聲，在高音線上，屬高平音，與國語第一聲類似。本書的羅馬拼音不標符號。

例：獅（sai），風（hong），開（khui），飛（pe），中（tiong），眞（chin），師（su），書（chu），千（chheng）。

河洛語第二聲，由高音起降到中音線上，不屬平音，與國語第四聲類似。本書羅馬拼音符號由右上斜至左下方向。

例：虎（hó‧），飽（pá），馬（bé），走（cháu），你（lí），九（káu），海（hái），狗（káu），紙（choá）。

河洛語第三聲，在低音線位置，屬低下音，國語無類似音。本書羅馬拼音符號由左上斜至右下方向。

例：豹（pà），氣（khì），四（sì），屁（phùi），臭（chhàu），哭（khàu），愛（ài），布（pò‧），騙（phiàn）。

河洛語第五聲，在中低音間，聲往下降至低音再向上揚起，類似國語第三聲，但揚起聲不需太高。本書羅馬拼音符號是倒V字。

例：熊（hîm），龍（lêng），球（kiû），茶（tê），頭（thâu），油（iû），年（nî），蟲（thâng），人（lâng）。

河洛語第六聲和第二聲音調相同，不需使用。

河洛語第七聲在中音線位置，屬中平音，國語無類似音。本書羅馬拼音符號是一橫線。

例：象（chhiūⁿ），飯（pn̄g），是（sī），大（toā），會（hōe），尿（jiō），萬（bān），重（tāng），路（lō·）。

河洛語第四聲，在中音線位置，屬短促音，即陰入聲，國語無類似音。本書羅馬拼音如有以 h、p、t、k 中任何一字做為拼音的尾字，即為第四聲。第四聲與第一聲相同不標示符號，區分在尾字是否代表短聲（入聲），否則為第一聲。

例：鴨（ah），七（chhit），筆（pit），角（kak），節（cheh），八（pat），答（tap），汁（chiap），殼（khak）。

河洛語第八聲，在高音線位置，屬高短促音，即陽入聲，國語無類似音。與第四聲相同即字尾有以 h、p、t、k 者為入聲字，第四聲、第八聲差異在於第四聲無標號，第八聲羅馬拼音以短直線標示於字母上頭。

例：鹿（lo̍k），拾（chha̍p），讀（tha̍k），力（la̍t），學（ha̍k），熱（joa̍h），白（pe̍h），日（ji̍t），賊（chha̍t）。

　　下面附上河洛語羅馬拼音、國語注音符號河洛語念法簡易對照表，請
參考使用：

羅馬拼音：	1. a	ha	sa	pha	tha	kha
注音符號：	ㄚ	ㄏㄚ	ㄙㄚ	ㄆㄚ	ㄊㄚ	ㄎㄚ
	2. ai	hai	sai	phai	thai	khai
	ㄞ	ㄏㄞ	ㄙㄞ	ㄆㄞ	ㄊㄞ	ㄎㄞ
	3. i	hi	si	phi	thi	khi
	一	ㄏ一	ㄙ一	ㄆ一	ㄊ一	ㄎ一
	4. au	hau	sau	phau	thau	khau
	ㄠ	ㄏㄠ	ㄙㄠ	ㄆㄠ	ㄊㄠ	ㄎㄠ
	5. u	hu	su	phu	thu	khu
	ㄨ	ㄏㄨ	ㄙㄨ	ㄆㄨ	ㄊㄨ	ㄎㄨ
	6. am	ham	sam	tham	kham	
	ㄚㄇ	ㄏㄚㄇ	ㄙㄚㄇ	ㄊㄚㄇ	ㄎㄚㄇ	
	an	han	san	phan	than	khan
	ㄢ	ㄏㄢ	ㄙㄢ	ㄆㄢ	ㄊㄢ	ㄎㄢ
	ang	hang	sang	thang	phang	khang
	ㄤ	ㄏㄤ	ㄙㄤ	ㄊㄤ	ㄆㄤ	ㄎㄤ
	7. ap	hap	sap	thap	khap	
	ㄚㄅ	ㄏㄚㄅ	ㄙㄚㄅ	ㄊㄚㄅ	ㄎㄚㄅ	
	at	hat	sat	phat	that	khat
	ㄚㄉ	ㄏㄚㄉ	ㄙㄚㄉ	ㄆㄚㄉ	ㄊㄚㄉ	ㄎㄚㄉ
	ak	hak	sak	phak	thak	khak
	ㄚㄍ	ㄏㄚㄍ	ㄙㄚㄍ	ㄆㄚㄍ	ㄊㄚㄍ	ㄎㄚㄍ
	ah	hah	sah	phah	thah	khah
	ㄚㄏ	ㄏㄚㄏ	ㄙㄚㄏ	ㄆㄚㄏ	ㄊㄚㄏ	ㄎㄚㄏ

	8. pa	pai	pi	pau	pu	pan	pang
	ㄅㄚ	ㄅㄞ	ㄅ一	ㄅㄠ	ㄅㄨ	ㄅㄢ	ㄅㄤ
	ta	tai	ti	tau	tu	tam	tan	tang
	ㄉㄚ	ㄉㄞ	ㄉ一	ㄉㄠ	ㄉㄨ	ㄉㄚㄇ	ㄉㄢ	ㄉㄤ
	ka	kai	ki	kau	ku	kam	kan	kang
	ㄍㄚ	ㄍㄞ	ㄍ一	ㄍㄠ	ㄍㄨ	ㄍㄚㄇ	ㄍㄢ	ㄍㄤ

9. ia   hia   sia   khia   tia   kia

ㄧㄚ   ㄏㄧㄚ   ㄙㄧㄚ   ㄎㄧㄚ   ㄉㄧㄚ   ㄍㄧㄚ

iau   hiau   siau   khiau   tiau   kiau

ㄧㄠ   ㄏㄧㄠ   ㄙㄧㄠ   ㄎㄧㄠ   ㄉㄧㄠ   ㄍㄧㄠ

iu   hiu   siu   phiu   thiu   piu   tiu   kiu

ㄧㄨ   ㄏㄧㄨ   ㄙㄧㄨ   ㄆㄧㄨ   ㄊㄧㄨ   ㄅㄧㄨ   ㄉㄧㄨ   ㄍㄧㄨ

iam   hiam   siam   thiam   khiam   tiam   kiam

ㄧㄚㄇ   ㄏㄧㄚㄇ   ㄙㄧㄚㄇ   ㄊㄧㄚㄇ   ㄎㄧㄚㄇ   ㄉㄧㄚㄇ   ㄍㄧㄚㄇ

iang   hiang   siang   phiang   thiang   piang   tiang

ㄧㄤ   ㄏㄧㄤ   ㄙㄧㄤ   ㄆㄧㄤ   ㄊㄧㄤ   ㄅㄧㄤ   ㄉㄧㄤ

iah   hiah   siah   phiah   thiah   piah   kiah

ㄧㄚㄏ   ㄏㄧㄚㄏ   ㄙㄧㄚㄏ   ㄆㄧㄚㄏ   ㄊㄧㄚㄏ   ㄅㄧㄚㄏ   ㄍㄧㄚㄏ

iak   hiak   siak   phiak   thiak   tiak   kiak

ㄧㄚㄍ   ㄏㄧㄚㄍ   ㄙㄧㄚㄍ   ㄆㄧㄚㄍ   ㄊㄧㄚㄍ   ㄉㄧㄚㄍ   ㄍㄧㄚㄍ

iap   hiap   siap   thiap   tiap   kiap

ㄧㄚㄅ   ㄏㄧㄚㄅ   ㄙㄧㄚㄅ   ㄊㄧㄚㄅ   ㄉㄧㄚㄅ   ㄍㄧㄚㄅ

10. la   lai   lau   lu   lam   lap   lat   lak

ㄌㄚ   ㄌㄞ   ㄌㄠ   ㄌㄨ   ㄌㄚㄇ   ㄌㄚㄅ   ㄌㄚㄉ   ㄌㄚㄍ

oa   hoa   soa   phoa   thoa   koa   toa

ㄨㄚ   ㄏㄨㄚ   ㄙㄨㄚ   ㄆㄨㄚ   ㄊㄨㄚ   ㄍㄨㄚ   ㄉㄨㄚ

oai   hoai   soai   phoai   thoai   poai   koai

ㄨㄞ   ㄏㄨㄞ   ㄙㄨㄞ   ㄆㄨㄞ   ㄊㄨㄞ   ㄅㄨㄞ   ㄍㄨㄞ

ui   hui   sui   phui   thui   kui   tui

ㄨㄧ   ㄏㄨㄧ   ㄙㄨㄧ   ㄆㄨㄧ   ㄊㄨㄧ   ㄍㄨㄧ   ㄉㄨㄧ

oan   hoan   soan   khoan   poan   toan   koan

ㄨㄢ   ㄏㄨㄢ   ㄙㄨㄢ   ㄎㄨㄢ   ㄅㄨㄢ   ㄉㄨㄢ   ㄍㄨㄢ

oah   hoah   soah   phoah   koah   toah   poah

ㄨㄚㄏ   ㄏㄨㄚㄏ   ㄙㄨㄚㄏ   ㄆㄨㄚㄏ   ㄍㄨㄚㄏ   ㄉㄨㄚㄏ   ㄅㄨㄚㄏ

oat   hoat   soat   phoat   thoat   koat   toat

ㄨㄚㄉ   ㄏㄨㄚㄉ   ㄙㄨㄚㄉ   ㄆㄨㄚㄉ   ㄊㄨㄚㄉ   ㄍㄨㄚㄉ   ㄉㄨㄚㄉ

11. e   he   se   phe   oe   hoe   soe   phoe

ㄝ   ㄏㄝ   ㄙㄝ   ㄆㄝ   ㄨㄝ   ㄏㄨㄝ   ㄙㄨㄝ   ㄆㄨㄝ

o   ho   lo   so   io   hio   lio   sio

ㄜ   ㄏㄜ   ㄌㄜ   ㄙㄜ   ㄧㄜ   ㄏㄧㄜ   ㄌㄧㄜ   ㄙㄧㄜ

12. chha　　chhau　　chhu　　chham　　chhap　　chhi　　chhia
ㄘㄚ　　ㄘㄠ　　ㄘㄨ　　ㄘㄚㄇ　　ㄘㄚㄅ　　ㄑㄧ　　ㄑㄧㄚ

cha　　chau　　chu　　cham　　chi　　chia　　chiau
ㄗㄚ　　ㄗㄠ　　ㄗㄨ　　ㄗㄚㄇ　　ㄐㄧ　　ㄐㄧㄚ　　ㄐㄧㄠ

je　　ju　　jui　　joa　　ji　　jio　　jiu
ㄖㄝ　　ㄖㄨ　　ㄖㄨㄧ　　ㄖㄨㄚ　　ㄖㄧ　　ㄖㄧㄛ　　ㄖㄧㄨ

13. o˙　　ho˙　　lo˙　　so˙　　ong　　hong　　long　　khong
ㆦ　　ㄏㆦ　　ㄌㆦ　　ㄙㆦ　　ㄨㄥ　　ㄏㄨㄥ　　ㄌㄨㄥ　　ㄎㄨㄥ

ok　　hok　　sok　　tok　　iong　　hiong　　siong　　tiong
ㆦㄍ　　ㄏㆦㄍ　　ㄙㆦㄍ　　ㄉㆦㄍ　　ㄧㄨㄥ　　ㄏㄧㄨㄥ　　ㄙㄧㄨㄥ　　ㄉㄧㄨㄥ

iok　　hiok　　siok　　liok　　tiok　　kiok
ㄧㆦㄍ　　ㄏㄧㆦㄍ　　ㄙㄧㆦㄍ　　ㄌㄧㆦㄍ　　ㄉㄧㆦㄍ　　ㄍㄧㆦㄍ

14. ba　　bah　　ban　　bat　　bi　　be　　bo
ㆠㄚ　　ㆠㄚㄏ　　ㆠㄢ　　ㆠㄚㄉ　　ㆠㄧ　　ㆠㄝ　　ㆠㄛ

gau　　gi　　goa　　gu　　gui　　go˙　　gong
ㆣㄠ　　ㆣㄧ　　ㆣㄨㄚ　　ㆣㄨ　　ㆣㄨㄧ　　ㆣㆦ　　ㆣㄨㄥ

15. im　　sim　　chim　　kim　　in　　lin　　pin　　thin
ㄧㄇ　　ㄙㄧㄇ　　ㄐㄧㄇ　　ㄍㄧㄇ　　ㄧㄣ　　ㄌㄧㄣ　　ㄅㄧㄣ　　ㄊㄧㄣ

ip　　sip　　khip　　chip　　it　　sit　　lit　　pit
ㄧㄅ　　ㄙㄧㄅ　　ㄎㄧㄅ　　ㄐㄧㄅ　　ㄧㄉ　　ㄙㄧㄉ　　ㄌㄧㄉ　　ㄅㄧㄉ

eng　　teng　　seng　　peng　　ek　　tek　　sek　　kek
ㄧㄥ　　ㄉㄧㄥ　　ㄙㄧㄥ　　ㄅㄧㄥ　　ㄝㄍ　　ㄉㄝㄍ　　ㄙㄝㄍ　　ㄍㄝㄍ

ian　　sian　　thian　　khian　　iat　　siat　　piat　　thiat
ㄧㄢ　　ㄙㄧㄢ　　ㄊㄧㄢ　　ㄎㄧㄢ　　ㄧㄚㄉ　　ㄙㄧㄚㄉ　　ㄅㄧㄚㄉ　　ㄊㄧㄚㄉ

un　　hun　　sun　　tun　　ut　　hut　　kut　　chut
ㄨㄣ　　ㄏㄨㄣ　　ㄙㄨㄣ　　ㄉㄨㄣ　　ㄨㄉ　　ㄏㄨㄉ　　ㄍㄨㄉ　　ㄗㄨㄉ

16. a^n　　sa^n　　ta^n　　ka^n　　ti^n　　chi^n　　ia^n　　iu^n
ㄚº　　ㄙㄚº　　ㄉㄚº　　ㄍㄚº　　ㄉㄧ－º　　ㄐㄧº　　ㄧㄚº　　ㄧㄨº

17. ma　　mia　　moa　　mau　　na　　ni　　nau　　niau
ㄇㄚ　　ㄇㄧㄚ　　ㄇㄨㄚ　　ㄇㄠ　　ㄋㄚ　　ㄋㄧ　　ㄋㄠ　　ㄋㄧㄠ

nga　　ngi　　nge　　ngau　　m　　ng　　sng　　kng
ㆣºㄚ　　ㆣºㄧ　　ㆣºㄝ　　ㆣºㄠ　　ㄇ　　ㄥ　　ㄙㄥ　　ㄍㄥ

河洛語羅馬字母及台灣語言音標對照表

聲母

河洛語羅馬字	p ph b m t th l n
台灣語言音標	p ph b m t th l n

河洛語羅馬字	k kh g ng h ch chh j s
台灣語言音標	k kh g ng h c ch j s

韻母

河洛語羅馬字	a ai au am an ang e eng i ia iau iam ian iang
台灣語言音標	a ai au am an ang e ing i ia iau iam ian iang

河洛語羅馬字	io iong iu im in o oe o͘ ong oa oai oan u ui un
台灣語言音標	io iong iu im in o ue oo ong ua uai uan u ui un

鼻音

河洛語羅馬字	a^n ai^n au^n e^n i^n ia^n iau^n
台灣語言音標	ann ainn aunn enn inn iann iaunn

河洛語羅馬字	iu^n $io^{.n}$ $o^{.n}$ oa^n oai^n ui^n
台灣語言音標	iunn ioonn oonn uann uainn uinn

入聲

河洛語羅馬字	ah auh eh ih iah iauh ioh iuh
台灣語言音標	ah auh eh ih iah iauh ioh iuh

河洛語羅馬字	oh oah oaih oeh uh uih
台灣語言音標	oh uah uaih ueh uh uih

河洛語羅馬字	ap ip op iap
台灣語言音標	ap ip op iap

河洛語羅馬字	at it iat oat ut
台灣語言音標	at it iat uat ut

河洛語羅馬字	ak iok iak ek ok
台灣語言音標	ak iok iak ik ok

聲調

調　　　　　類	陰平	陰上	陰去	陰入	陽平	陽去	陽入
調　　　　　名	一聲	二聲	三聲	四聲	五聲	七聲	八聲
河洛語羅馬字	不標調	／	＼	不標調	∧	—	∣
台灣語言音標	1	2	3	4	5	7	8

大家來讀河洛語

　　語言文字是民族文化的結晶，過去的文化靠著它來流傳，未來的文化仗著它來推進。人與人之間的意見和感情，也透過語言文字來溝通。

　　學習母語是對文化的深度探索，書中的童言童語，取材自鄉土文化，充分表現臺語文學的幽默、貼切和傳神，讓人倍感親切。其押韻及疊字之巧妙運用，不但呈現聲韻之美，也讓讀者易念易記，詩歌風格的課文，使讀者念起來舒暢，聽起來悅耳。

特色之一

　　生動有趣的課文，結合日常生活經驗，讓初學者能夠很快的琅琅上口，並且流暢的表達思想和情意，是語文教材編製的目標和理想。

特色之二

本書附有（1）河洛語聲調及發音練習【河洛語羅馬拼音、國語注音符號河洛語念法簡易對照表】（2）河洛語羅馬字母及台灣語言音標對照表，方便讀者查閱參考使用。

　　本書是一套學習與補充教材，策劃初期是為幼稚園老師所編著的，但由於內容兼具人文化、生活化、趣味化，同時富有啟發性及統合性，增廣本套書的適用性，無論是幼兒、學齡兒童、青少年或成人，只要是想多瞭解河洛語、學習正統河洛語的人，採用這套教材將是進修的最佳選擇！

主題一
眞伶俐（我是好寶寶）

學習重點：

一、用河洛語表達有關自我的語詞。

二、認識自己，肯定自己。

三、學習養成良好的生活習慣。

四、學習助人、禮讓等社會能力。

壹、本文

一、眞伶俐
Chin léng lī

媽 媽 拭 桌 我 拭 椅，
Ma ma chhit toh góa chhit í

媽 媽 煮 飯 我 洗 米，
ma ma chú pn̄g góa sé bí

媽 媽 洗 碗 我 洗 箸，
ma ma sé oáⁿ góa sé tī

也 閣 沃 花 顧 小 弟，
iā koh ak hoe kò͘ sió tī

媽 媽 眞 歡 喜，
ma ma chin hoaⁿ hí

講 我 眞 伶 俐。
kóng góa chin léng lī

(一)註解：（河洛語——國語）

1. 伶俐(léng lī) ——勤快
2. 拭(chhit) ——擦
3. 箸(tī) ——筷子
4. 閣(koh) ——再；又
5. 沃花(ak hoe) ——澆花
6. 顧(kò͘) ——照顧

7. 小弟 (sió tī) ──弟弟
8. 歡喜 (hoaⁿ hí) ──高興

㈡應用範圍：

1. 四歲以上幼兒。
2. 有關自我觀念的主題。
3. 有關生活教育的主題或活動。

㈢配合活動：

1. 教師和幼兒分享家中生活，用河洛語歸納爸媽做些什麼？
2. 討論如果要幫忙爸媽做家事，可以做那些事？
3. 教師念：「媽媽拭桌」，幼兒念：「我拭椅」念完全部詩文。
4. 請幼兒分別畫出來自己所提出的家事。
5. 教師將幼兒提出和組合的文句記下來，寫在一條一條的紙上將圖畫一一掛出，與文句相對應。
6. 教師提出一件家事，幼兒立即做出動作，口中並覆念，如：「拭桌椅、洗米、沃花、顧小弟」……等。
   註：每次遊戲中動作不夠迅速者，即淘汰。
7. 教師分享鼓勵時以河洛語「伶俐」為讚美詞，每次鼓勵，也請幼兒再大聲稱讚「×××眞伶俐」。
8. 綜合活動：一起念「眞伶俐」這首詩歌。
9. 配合主題，發展出創造性活動統合各領域。

㈣**教學資源：**
　　空白白報紙、粗簽字筆

㈤**相關學習：**
　　語言、認知、身體與感覺、創造

二、眞失禮
Chin sit lé

街 仔 人 眞 濟，
Ke á lâng chin chē

有 路 獪 當 過，
ū lō· bē tàng kè

啊，踏 著 人 的 鞋，
a tah tioh lâng ê ê

我 講 一 聲「眞 失 禮」
góa kóng chit siaⁿ chin sit lé

(一)註解：（河洛語──國語）

1. 失禮(sit lé) ──對不起
2. 街仔(ke á) ──街上
3. 人眞濟(lâng chin chē) ──人很多
4. 獪當過(bē tàng kè) ──沒辦法過去
5. 踏著(tah tioh) ──踩到

(二)應用範圍：

1. 四歲以上及幼兒。
2. 有關禮貌的單元或方案。
3. 相關故事的內容。
4. 日常生活教育。

㈢**配合活動**：

1. 相關主題探索之後，老師準備一首遊戲音樂。

2. 全班幼兒隨著音樂在室內扮演逛街的人走動。

3. 音樂一停，找站在附近的人兩兩猜拳，贏的人要說：「真失禮」，輸的人要說：「無要緊」，輸的人將手搭在贏的人肩上，隨著音樂跟著走。

4. 當音樂再次停時，當頭的人再兩兩猜拳，贏的那組要和輸的那組說：「真失禮」，輸的那組說：「無要緊」，輸的那組再併入贏的那組後面。

5. 如此反覆交換玩伴玩數次，直到全班合併成一組，教念「真失禮」。

6. 讓幼兒分享猜拳輸贏的感覺，及對方說完禮貌話之後的感覺。

7. 讓幼兒分享日常生活中什麼情境之下說「真失禮」，什麼時候說「無要緊」。

8. 引導幼兒發展出綜合性的活動如扮演，將音樂、律動及藝術涉入。

㈣**教學資源**：

錄音機、音樂帶

㈤相關學習：

社會情緒、音樂律動、語言表達、大小肌肉運動

三、人客來
Lâng kheh lâi

人 客 來 ，
Lâng kheh lâi

眞 歡 喜 ，
chin hoaⁿ hí

請 坐 膨 椅 ，
chhiáⁿ chē phòng í

請 飮 茶 ，
chhiáⁿ lim tê

請 食 果 子 ，
chhiáⁿ chiàh kóe chí

人 客 眞 歡 喜 。
lâng kheh chin hoaⁿ hí

㈠**註解**：（河洛語——國語）

1. 人客(lâng kheh) ——客人
2. 歡喜(hoaⁿ hí) ——高興
3. 膨椅(phòng í) ——沙發
4. 飮茶(lim tê) ——喝茶
5. 果子(kóe chí) ——水果

㈡**應用範圍**：

1. 三歲以上幼兒。
2. 有關鄰居、過新年之類的單元或方案。
3. 用在娃娃家的扮演活動。
4. 日常生活教育。

㈢配合活動：

1. 在一系列相關的主題探索之後，譬如拜訪小朋友的家之後：將幼兒分成 3 人、4 人、5 人、6 人、7 人、8 人等六組。（教師可視全班人數做調整）
2. 指示其中三組當客人，另外三組當主人，每一組主人要接待一組客人。
3. 當主人的一組要準備符合客人人數的座椅、茶杯、湯匙、筷子及食物，平均分配給每位客人。
4. 將不同人數的組別，隨機配對，讓幼兒練習解決問題及數的對應及分配。
5. 請幼兒分享當主人和客人的感覺？遇到什麼困難？如何解決這些困難？
6. 配合動作、音樂節奏帶領幼兒念「人客來」請幼兒配合主題畫圖。

㈣教學資源：

桌子、椅子、茶杯、湯匙、筷子、食物（小點心）

㈤相關學習：

語言溝通、社會情緒認知、解決問題、創造、計畫

四、檨仔
Soāiⁿ　á

檨 仔 靑 ， 檨 仔 黃 ，
Soāiⁿ　á　chheⁿ　soāiⁿ　á　n̂g

較 黃 的 予 媽 媽 ，
khah　n̂g　ê　hō·　ma　ma

大 粒 的 予 爸 爸 ，
tōa　liap　ê　hō·　pa　pa

較 靑 的 留 予 我 。
khah　chheⁿ　ê　lâu　hō·　góa

㈠註解：（河洛語──國語）

1. 檨仔(soāiⁿ á) ──芒果
2. 予(hō·) ──給；讓
3. 大粒(tōa liap) ──大顆

㈡應用範圍：

1. 三歲以上幼兒。
2. 有關水果的單元或方案、活動。
3. 有關家的單元或方案、活動。
4. 日常生活教育。

㈢配合活動：

配合相關的主題或日常生活分享之後：

1. 教師與幼兒分享生活經驗，為何與朋友分享食物，品嚐食物並決定舉辦一個水果品嚐聚會。

2. 教師準備西瓜、香蕉、木瓜、葡萄、鳳梨、芒果……等水果，請幼兒按照大小或顏色加以分類，佈置在桌子上。

3. 請幼兒幫忙準備工作讓幼兒藉此機會練習削皮、切塊、去籽、打成果汁。

4. 幼兒分工，有人當主人，有人當客人。客人先說出果汁的名稱和味道，小主人去拿給他。如此輪流當小主人。

5. 小客人實際品嚐果汁後，告訴小主人它的味道。比如：甜、酸、澀……

6. 討論：比較用視覺和味覺的辨別是否有差異，請幼兒說出自己最愛喝哪一種果汁？最不喜歡哪一種？為什麼？果汁如何分才分得公平？

7. 分享：最喜愛的食物不足時和他人分享，心裡的感覺是什麼？

8. 一起念「樣仔」。

㈣教學資源：

1. 西瓜、木瓜、香蕉、鳳梨、葡萄、芒果……等水果。

2. 刀子數把、砧板、盤子、果汁機、杯子。

㈤相關學習：

認知、小肌肉運動、社會情緒

五、大漢啊
Tōa　hàn　a

貓　仔　家　己　行，
Niau　á　ka　kī　kiaⁿ

狗　仔　家　己　食，
káu　á　ka　kī　chiàh

我　大　漢　啊，
góa　tōa　hàn　a

免　予　人　飼，
bián　hō͘　lâng　chhī

免　予　人　牽，
bián　hō͘　lâng　khan

獪　吵　獪　冤，
bē　chhá　bē　oan

較　捌　理，
khah　bat　lí

我　大　漢　啊。
góa　tōa　hàn　a

㈠註解：（河洛語──國語）

1. 大漢(tōa hàn) ──長大
2. 貓仔(niau á) ──貓咪
3. 家己行(ka kī kiaⁿ) ──自己行走
4. 狗仔(káu á) ──狗兒
5. 家己食(ka kī chiàh) ──自己進食

6. 免(bián) ——不用；不需要

7. 予人飼(hō͘ lâng chhī) ——讓人餵食

8. 予人牽(hō͘ lâng khan) ——讓人牽著

9. 燴吵燴冤(bē chhá bē oan) ——不會吵鬧

10. 較捌理(khah bat lí) ——比較懂事明理

㈡應用範圍：

1. 四歲以上幼兒。

2. 有關我長大了的單元或方案。

3. 有關認識自己之類的單元或方案。

4. 日常生活教育。

㈢配合活動：

1. 配合相關的主題探索，一段時間之後，教師準備全班每人一張全開壁報紙及畫筆。

2. 兩人一組，一人躺在壁報紙上，另一人用畫筆幫他描繪出身體外圍的輪廓。

3. 換人，再畫一次。

4. 把自己的身體輪廓剪下，貼在厚紙板上，剪下再畫上五官，豎立在教室的地面上。(底部用釘書機訂在另一厚紙板上，使之固定不倒，但可透過討論，由幼兒決定如何站立的方法。)

5. 請幼兒將自己會做的事畫在人像上面，做成屬於自己的模型。如此，全班幼兒的平面模型都豎立在教室裡。

6. 請幼兒將自己跟小朋友介紹分享，並比較自己和別人的身高、體型、會做的事有何不同。

7. 帶領幼兒念「大漢啊」。

㈣教學資源：

　　全開壁報紙、畫筆、顏色筆、剪刀、膠水、厚紙板……等

㈤相關學習：

　　創造、自我概念、社會情緒、語文、小肌肉運動

貳、親子篇

我　嘛　會
Góa　mā　ē

姊	姊	掃	土	脚	拭	椅	桌
Ché	ché	sàu	thô·	kha	chhit	í	toh

我	嘛	會
góa	mā	ē

哥	哥	食	物	件	先	洗	手
ko	ko	chia̍h	mi̍h	kiāⁿ	seng	sé	chhiú

我	嘛	會
góa	mā	ē

爸	爸	運	動	顧	身	體
pa	pa	ūn	tōng	kò·	sin	thé

我	嘛	會
góa	mā	ē

(一)註解：（河洛語──國語）

1. 嘛(mā) ──也
2. 土脚(thô· kha) ──地上
3. 拭(chhit) ──擦
4. 食物件(chia̍h mi̍h kiāⁿ) ──吃東西
5. 顧(kò·) ──照顧

(二)活動過程：

1. 家長問幼兒，家人都在做什麼？提示：爸爸做什麼？媽媽做什麼？誰在「掃土腳」？誰在「拭椅桌」？等等。

2. 按照家人實際的工作套入「我嘛會」詩內，如：「爸爸掃土腳」「媽媽洗青菜」──「我嘛會」，「哥哥睏的時先洗腳」──「我嘛會」……等等，教幼兒一起念。

3. 請幼兒列舉工作及角色改變內容，最後念「我嘛會」。

叁、補充參考資料

一、生活會話：

乖囝仔

老　師：小朋友，勢早。

小朋友：老師，勢早。

老　師：恁今仔日有乖無？

小朋友：有喔！

老　師：按怎乖？

阿　明：我共媽媽鬥拭椅仔、桌仔。

小　英：我挓報紙予爸爸看。

老　師：小華，你咧？

小　華：我共哥哥鬥挓物件。

老　師：喔！恁攏是乖囝仔。

Koai gín á

Lāu su：Sio pêng iú，gâu chá。

Sió pêng iú：Lāu su，gâu chá。

Lāu su：Lín kin á jit ū koai bô？

Sió pêng iú：Ū o͘。

Lāu su：Àn chóa^{n} koai。

A bêng：Góa kā ma ma tàu chhit í á、toh á。

Sió eng：Góa theh pò chóa hō· pa pa khòaⁿ。

Lāu su：Sió hôa，lí leh？

Sió hôa：Góa kā ko ko tàu theh mih kiāⁿ。

Lāu su：O·！Lín lóng sī koai gín á。

二、參考語詞：（國語──河洛語）

1. 洗手──洗手(sé chhíu)

2. 刷牙──洗嘴(sé chhùi)

3. 洗臉──洗面(sé bīn)

4. 洗澡──洗身軀(sé seng khu)

5. 洗頭──洗頭(sé thâu)

6. 起床──起來(khí lâi)

7. 穿衣服──穿衫(chhēng saⁿ)

8. 穿鞋子──穿鞋(chhēng ê)

9. 穿襪子──穿襪仔(chhēng boeh á)

10. 戴帽子──戴帽仔(tì bō á)

11. 掃地──掃土腳(sàu thô· kha)

12. 擦桌椅──拭椅桌(chhit í toh)

13. 吃飯──食飯(chiah pīg)

14. 吃東西──食物件(chiah mih kiāⁿ)

15. 喝水──飲水(lim chúi)

16. 喝湯──飲湯(lim thng)

17. 喝茶──飲茶(lim tê)

18. 想睡覺──愛睏(ài khùn)

19. 早睡早起──早睏早起來 (chá khùn chá khí lâi)

20. 晚睡晚起──晏睏晏起來 (oàⁿ khùn oàⁿ khí lâi)

21. 睡午覺──睏中晝 (khùn tiong tàu)

22. 休息──歇睏 (hioh khùn)

23. 上車──上車 (chiūⁿ chhia)

24. 下車──落車 (loh chhia)

25. 坐好──坐予好 (chē hō· hó)

26. 放好──园予好 (khǹg hō· hó)

27. 拿好──挓予好 (theh hō· hó)

28. 玩──𨑨迌；耍 (chhit thô; sńg)

29. 玩玩具──耍𨑨迌物仔 (sńg chhit thô mih á)

30. 請坐──請坐 (chhiáⁿ chē)

31. 早安──勢早 (gâu chá)

32. 午安──午安 (ngó· an)

33. 晚安──晚安 (boán an)

三、謎語：

1. 一項物仔，破糊糊，三頓，出來顧。

   Chit hāng mih á, phòa kô· kô·, saⁿ tǹg, chhut lâi kò·。

   (猜一種家用品)

   答：桌布（抹布）

2. 一陣鳥仔白蒼蒼，兩枝竹仔趕入孔。

   Chit tīn chiáu á peh chhang chhang, nňg ki tek á kóaⁿ jip

khang。

（猜一種動作）

答：食飯（吃飯）

3. 二姊妹仔，平高平大，一人佇內，一人佇外。

Nn̄g chí mōe á, pêⁿ koân pêⁿ tōa, chi̍t lâng tī lāi, chi̍t lâng tī gōa。

（猜一種日用品）

答：鏡（鏡子）

四、俗諺：

1. 食佇身，穿佇面。

Chia̍h tī sin, chhēng tī bīn。

（吃穿都很要緊。）

2. 食飯，皇帝大。

Chia̍h pn̄g, hông tè tōa。

（吃飯最重要了，他人都不便來打擾。）

3. 骨力食，貧惰做。

Kut la̍t chia̍h, pîn tōaⁿ chò。

（只有吃認真，做事就不認真。）

4. 有頭，有尾。

Ū thâu, ū bóe。

（有始有終，不能半途而廢。）

5. 家己，看燴著耳仔。

Ka kī, khòaⁿ bē tióh hīⁿ á。

（自己看不到自己的缺點。）

6. 一耳入，一耳出。

Chit hīⁿ jip, chit hīⁿ chhut。

（聽了，很快就忘記。）

7. 大力，惜力。

Tōa lát, sioh lát。

（力氣大，卻不肯出力。）

8. 大是兄，細是弟。

Tōa sī hiaⁿ, sè sī tī。

（兄弟長幼有序。）

9. 三歲教五歲。

Saⁿ hòe kà gō· hòe。

（小的反而教大的。）

10. 三講，四毋著。

Saⁿ kóng, sì m̄ tióh。

（一直說錯話。）

11. 三個人，行五條路。

Saⁿ ê lâng, kiâⁿ gō· tiâu lō·

（各人做事，各抱著不同的心。）

五、方言差異：

㈠方音差異

1. 洗　sé／sóe
2. 街仔　ke á／koe á
3. 獪當過　bē tàng kòe／bōe tàng kè
4. 鞋　ê／ôe
5. 果子　kóe chí／ké chí
6. 檨仔靑　soāi^n á chhe^n／soāi^n á chhi^n

㈡語詞差異

1. 果子　kóe chí／水果　chúi kó

六、異用漢字：

1. (chhit) 拭／擦
2. (koh) 閣／擱
3. (chē) 濟／儕
4. (bē) 獪／袂／昧／襪
5. (ê) 的／兮／个
6. (lim) 飲／啉
7. (khah) 較／卡
8. (hō͘) 予／互

9. (lâng) 人／儂／農
10. (bat) 捌／識
11. (thô‧ kha) 土腳／土跤

主題二
心肝仔（身體）

學習重點：

一、用河洛語表達身體各器官名稱及功用。

二、愛護自己的身體、尊重別人的身體。

三、接受別人的感覺、表達自己的感受。

四、在同儕互動中增進合作、友愛。

壹、本文

一、目睭耳鼻嘴
Bák chiu hīⁿ phīⁿ chhùi

目 睭 看 物 件 ，
Bák chiu khòaⁿ mih kiāⁿ

耳 仔 會 聽 聲 ，
hīⁿ á ē thiaⁿ siaⁿ

鼻 仔 好 鼻 芳 ，
phīⁿ á hó phīⁿ phang

有 嘴 好 出 聲 。
ū chhùi hó chhut siaⁿ

(一)註解：（河洛語──國語）

1. 目睭(bák chiu) ──眼睛
2. 物件(mih kiāⁿ) ──東西
3. 耳仔(hīⁿ á) ──耳朵
4. 鼻仔(phīⁿ á) ──鼻子
5. 鼻芳(phīⁿ phang) ──聞味道

(二)應用範圍：

1. 三歲以上幼兒。
2. 開學初的團體互動。
3. 有關認識自我的主題或單元。

㈢配合活動：

1. 教師帶領幼兒熟悉河洛語之五官稱謂；幼兒聽教師口令，用手指指鼻子、嘴等。
2. 教師準備臉譜及各種不同表情的眼睛、鼻子、嘴、耳朵、讓小朋友自己組合各種不同表情的臉譜。
3. 分享對各種表情的感覺，一起念誦「目睭耳鼻嘴」。
4. 幼兒自己製作自己的臉譜。
5. 幼兒輪流矇眼，隨著鈴聲前進到臉譜上，將活動式的五官貼成完整的臉譜。
6. 教師可改變玩法，如加快速度，或耳、鼻對調，眼、嘴對調，口令等以增加幼兒的反應。

㈣教學資源：

各種不同表情的臉譜、紙、筆、剪刀、樂器

㈤相關學習：

情緒、認知、語言溝通、社會情緒

二、心肝仔
Sim koaⁿ á

我 的 目 睭 成 爸 爸，
Góa ê ba̍k chiu sêng pa pa

我 的 嘴 成 媽 媽，
góa ê chhùi sêng ma ma

我 的 鼻 仔 成 阿 公，
góa ê phīⁿ á sêng a kong

我 的 面 形 成 阿 媽，
góa ê bīn hêng sêng a má

阿 公、阿 媽、爸 爸、媽 媽，
a kong a má pa pa ma ma

攏 講 我 是 個 的 心 肝 仔。
lóng kóng góa sī in ê sim koaⁿ á

(一)註解：（河洛語——國語）

1. 目睭 (ba̍k chiu) ——眼睛

2. 成 (sêng) ——像

3. 鼻仔 (phīⁿ á) ——鼻子

4. 面形 (bīn hêng) ——臉形

5. 阿公 (a kong) ——祖父

6. 阿媽 (a má) ——祖母

7. 攏講 (lóng kóng) ——都說

8. 個 (in) ——他們

9. 心肝仔(sim koan á) ──心肝寶貝

㈡應用範圍：

1. 三歲以上幼兒。
2. 有關自我、家庭的單元或方案。
3. 有關五官的身體探索活動。

㈢配合活動：

1. 邀請幼兒的爸爸、媽媽來園。
2. 請爸爸媽媽，分別帶著面具，露出眼睛、或嘴、鼻（或上半部、下半部），請幼兒自己猜那是誰的爸爸、媽媽，猜中爸爸、媽媽將幼兒抱起，說「心肝仔」。
3. 一樣請爸爸媽媽躲在幕後，請班上其他幼兒來為這些爸爸媽媽找小孩，幫他們配對。說說看，你為什麼把他們配成對，他們有那些相同或相似之處。
4. 教師和家長帶幼兒念「心肝仔」。
5. 幼兒分成幾組各找 10 個人當模特兒，其他人協助模特兒雕塑各種姿勢及動作，或親子一起擺姿勢、動作，將身影投射於全開書面紙上。
6. 同組幼兒用筆將投射出的人影輪廓畫下。
7. 同組幼兒進行討論人影動作的聯想並集體創作成完整作品。

㈣教學資源：

枱燈、幻燈片、布幕、書面紙、美術區材料、面具

㈤相關學習：

身體與感覺、創造、情緒

三、坐趨趨
Chē chhu chhu

坐 趨 趨，
Chē chhu chhu

會 變 曲 痀，
ē piàn khiau ku

坐 正 正，
chē chiàⁿ chiàⁿ

人 才 會 疼；
lâng chiah ē thiàⁿ

坐 予 好，
chē hō· hó

來 食 水 果，
lâi chia̍h chúi kó

坐 無 好，
chē bô hó

跋 一 下 翹 翹 倒。
poa̍h chi̍t ē khiàu khiàu tó

(一)註解：（河洛語──國語）

1. 趨(chhu) ──斜斜的

2. 曲痀 (khiau ku) ──駝背

3. 坐予好(chē hō· hó) ──坐好

4. 食(chia̍h) ──吃

5. 無好(bô hó) ──不好

6. 跋一下 (poàh chit ē) —— 跌一下

7. 翹翹倒 (khiàu khiàu tó) —— 指四腳朝天

㈡應用範圍：

1. 四歲以上幼兒。
2. 有關生活教育的活動。
3. 配合日常常規及開學之初進行。

㈢配合活動：

1. 大家坐下圍成圓圈，做「人體骨牌」遊戲：一面念兒歌「坐趜趜」，一面做前、後、左、右的搖擺動作。

2. 跨坐，面對同一方向（順時鐘或逆時鐘），一個接一個。

3. 大家一邊念兒歌，一邊由頭頂上傳球，兒歌念完時，看球停在誰身上，就由他當骨牌的起頭，向後倒下，一個接續一個的倒下。

4. 可依幼兒的興趣重複，或變換隊形及骨牌倒的方向。

5. 討論並分享感覺：

   ⑴當別人碰到你是什麼感覺？如何的碰觸會令人較舒服(不舒服)？

   ⑵大家要如何配合才可使骨牌漂亮的連續向前（後）倒？

   ⑶怎麼坐最舒服？

6. 配合節奏、打擊樂器念「坐趜趜」及換詞念唱，如「人」才會疼，改為「媽媽」才會疼，「食水果」改「食點心」等。

㈣教學資源：

球、節奏樂器

㈤相關學習：

人際關係、社會情緒、節奏感、語言溝通

四、一放雞
It　pàng　ke

一 放 雞，二 放 鴨，三 分 開，
It pàng ke　jī pàng ah　saⁿ pun khui

四 相 疊，五 搭 胸，
sì sio thàh　gō͘ tah heng

六 拍 手，七 圍 牆，八 摸 鼻，
làk phah chhiú　chhit ûi chhiûⁿ　peh bong phīⁿ

九 扭 耳，十 食 起 。
káu giú hīⁿ　chàp chiàh khí

(一)註解：（河洛語──國語）

1. 搭胸 (tah heng)──手拍胸部
2. 扭耳 (giú hīⁿ)──拉耳朵
3. 食起 (chiàh khí)──吃起來

(二)應用範圍：

1. 五歲以上幼兒。
2. 有關數概念的活動。
3. 在活動與活動之間的銜接活動時念誦。

㈢配合活動：

1. 教師在教念此首兒歌時，可配上動作來加深印象：

   如：「一放雞」：手指比1之後，雙手舉於頭上做公雞狀。

   「二放鴨」：手指比2之後，雙手在嘴前做鴨嘴狀。

   「三分開」：手指比3之後，雙手在面前交叉向左右分
   　　　　　　開。

   「四相疊」：手指比4之後，手指和手心相疊。

   「五搭胸」：手指比5之後，雙手交叉拍胸。

   「六拍手」：手指比6之後，拍手。

   「七圍牆」：手指比7之後，兩手環起來相接。

   「八摸鼻」：手指比8之後，手摸鼻子。

   「九扭耳」：手指比9之後，手拉耳朵。

   「十食起」：摸完耳朵之後，立刻以雙手張開比10。

2. 念完之後，教師任意說一個數字時，幼兒即要快速念出後面的
   詞。如：教師說五，幼兒即要趕快說出「五搭胸」。

3. 念完兒歌之後，教師將數字板一個一個拿出來，讓幼兒看看覺
   得這些數字像什麼？如：1像棍子……等。並自己用屁股來
   寫數字，然後集體用身體來排數字。

4. 最後教師發給幼兒一張數字卡，讓幼兒做數字的想像創作畫。

5. 教幼兒數數身體上的器官，各有多少，用數字組合起來，如：
   一張嘴，一個鼻子，兩隻耳朵、兩隻眼睛，兩條腿、兩隻腳，
   十個手指頭……等。配合兒歌念出來。

㈣教學資源：

數字卡

㈤相關學習：

認知、音律、創造、語言溝通

貳、親子篇

阿　修　阿　修
A　siu　A　siu

阿　修　阿　修
A　siu　A　siu

兩　蕊　大　目　睭
nñg　lúi　tōa　ba̍k　chiu

叮　噹　耳　仔　菱　角　嘴
tin　tong　hīⁿ　á　lêng　kak　chhùi

歸　工　摸　下　頦
kui　kang　bong　ē　hâi

想　欲　趕　緊　發　嘴　鬏
siūⁿ　beh　kóaⁿ　kín　hoat　chhùi　chhiu

(一)註解：（河洛語──國語）

1. 蕊 (lúi)──眼睛的量詞

2. 目睭 (ba̍k chiu)──眼睛

3. 叮噹耳 (tin tong hīⁿ)──福氣相的耳朵

4. 歸工 (kui kang)──整天

5. 下頦 (ē hâi)──下巴

6. 想欲 (siūⁿ beh)──想要

7. 發嘴鬏 (hoat chhùi chhiu)──長鬍鬚

㈡**活動過程：**

1. 請幼兒觀察家中成員相貌的特徵，問幼兒問題，

   譬如：家裡誰有鬍子？怎麼知道××有鬍子？

   誰的眼睛（或耳朵）最大（或最小）？

   誰的耳朵最大（或最小）？

   誰最高（或最矮）？

   觀察特徵，父母要注意不要使幼兒感覺在討論「好」、「壞」的意思，譬如，說到「目睭大大蕊」後要說「眞古錐」。

2. 談完以後，敎幼兒學念「阿修，阿修」。

   （家長可以請幼兒想想自己的眼睛像誰？耳朵像什麼？等，再念兒歌。）

叁、補充參考資料

一、生活會話

欲創什麼

老　師：人的頭殼有什麼？

小朋友：有目睭、鼻仔、嘴、耳仔。

老　師：目睭欲創什麼？

阿　榮：目睭欲看物件。

老　師：鼻仔欲創什麼？

阿　娟：鼻仔欲鼻芳味。

老　師：嘴欲創什麼？

阿　德：嘴欲食物件。

老　師：耳仔欲創什麼？

阿　英：耳仔欲聽聲。

阿　國：哇！聽聲、食物件、看物件、鼻芳味，眞趣味。

Beh chhòng sím mih

Lāu su：Lâng ê thâu khak ū sím mih？

Sió pêng iú：Ū ba̍k chiu、phīⁿ á、chhùi、hīⁿ á。

Lāu su：Ba̍k chiu beh chhòng sím mih？

A êng： Ba̍k chiu beh khòaⁿ mi̍h kiāⁿ。

Lāu su：Phīⁿ á beh chhòng sím mih？

A koan：Phīⁿ á beh phīⁿ phang bī。

Lāu su：Chhùi beh chhòng sím mih？

A tek：Chhùi beh chiah mih kiāⁿ。

Lāu su：Hīⁿ á beh chhòng sím mih？

A eng：Hīⁿ á beh thiaⁿ siaⁿ。

A kok：Oa！Thiaⁿ siaⁿ、chiah mih kiāⁿ、khòaⁿ mih kiāⁿ、phīⁿ phang bī，chin chhù bī。

二、參考語詞：（國語──河洛語）

1. 身體──身軀(seng khu)

2. 頭──頭(thâu)

3. 腦袋──頭殼(thâu khak)

4. 額頭──頭額(thâu hiah)

5. 眼睛──目睭(bak chiu)

6. 眼皮──目睭皮(bak chiu phôe)

7. 雙眼皮──重巡(têng sûn)

8. 單眼皮──無重巡(bô têng sûn)

9. 眼眶──目箍(bak kho·)

10. 眼珠──目睭仁(bak chiu jîn)

11. 眉毛──目眉(bak bâi)

12. 耳朵──耳仔(hīⁿ á)

13. 耳孔──耳孔(hīⁿ khang)

14. 臉──面(bīn)

15. 臉頰──嘴皺(chhùi phóe)

16. 鼻子——鼻(phīⁿ)

17. 鼻孔——鼻孔(phīⁿ khang)

18. 下巴——下頦(ē hâi)

19. 脖子——頷頸(ām kún)

20. 嘴——嘴(chhùi)

21. 口腔——嘴孔(chhùi khang)

22. 嘴唇——嘴唇(chhùi tûn)

23. 牙齒——嘴齒(chhùi khí)

24. 舌頭——嘴舌(chhùi chi̍h)

25. 門牙——門齒(mn̂g khí)

26. 喉嚨——嚨喉(nâ âu)

27. 下巴——下斗(ē táu)

28. 背部——尻脊骿(kha chiah phiaⁿ)

29. 肩膀——肩胛頭(keng kah thâu)

30. 胸部——胸坎(heng khám)

31. 乳房——奶(leng)

32. 腰部——腰(io)

33. 腹部——腹肚(pak tó͘)

34. 肚臍——肚臍(tō͘ châi)

35. 屁股——尻川(kha chhng)

36. 胯下——腳縫下(kha phāng ē)

37. 腿——腿(thúi)

38. 右腳——正腳(chiàⁿ kha)

39. 左腳——倒腳(tò kha)

40. 小腿——腳後肚(kha āu tó͘)

41. 腳踝——腳目(kha ba̍k)

42. 膝蓋——腳頭骬(kha thâu u)

43. 腳後跟——腳後骬(kha āu ti^n)

44. 腳面——腳盤(kha pôa^n)

45. 腳底——腳底(kha té)

46. 心臟——心臟(sim chōng)

47. 肺——肺(hì)

48. 胃——胃(ūi)

49. 氣管——肺管(hì kńg)

50. 肝——肝(koa^n)

51. 腎臟——腰子(io chí)

52. 腸——腸(tńg)

53. 骨——骨(kut)

54. 腰骨——腰脊骨(io chiah kut)

55. 手臂——手骨(chhiú kut)

56. 肋骨——邊仔骨(pi^n á kut)

57. 皮膚——皮膚(phôe hu)

58. 神經——神經(sîn keng)

59. 血管——血根(hoeh kin)

60. 唾液(口水)——嘴瀾(chhùi nōa)

61. 左手——倒手(tò chhiú)

62. 右手——正手(chià^n chhiú)

63. 拳頭——拳頭母(kûn thâu bú)

64. 指頭——指頭仔(chéng thâu á; chńg thâu á)

65. 大拇指——指頭母公;大拇指;大頭母(chéng thâu bú kong; tōa bú chí; tōa thâu bú)

66. 食指——指指(kí chái^n)

67. 中指——中指(tiong cháiⁿ)

68. 無名指——尾二指；穘指(bóe jī cháiⁿ; bái cháiⁿ)

69. 小指——尾指(bóe cháiⁿ)

70. 指甲——指甲(chéng kah)

71. 手肘——手後曲(chhiú āu khiau)

72. 痰——痰(thâm)

73. 汗——汗(kōaⁿ)

74. 尿（小便）——尿(jīo)

75. 屎（大便）——屎(sái)

76. 頭髮——頭毛(thâu mn̂g; thâu moˑ)

77. 汗毛——苦毛仔(khóˑ mn̂g á)

78. 鬍鬚——嘴鬚(chhùi chhiu)

79. 大鬍子——鬍鬚(hôˑ chhiu)

80. 眼淚——目屎(ba̍k sái)

81. 鼻涕——鼻水(phīⁿ chúi)

82. 眼屎——目屎膏(ba̍k sái ko)

83. 腋下——胳囊腳(kòe lâng kha)

84. 打赤膊——裼腹體(thǹg pak theh)

85. 打赤腳——裼赤腳(thǹg chhiah kha)

86. 呼吸——喘氣(chhóan khùi)

87. 駝背——曲痀(khiau ku)

88. 瞎子——青暝(chheⁿ mê)

89. 聾子——臭耳人(chhàu hīⁿ lâng)

90. 啞巴——啞口(é káu)

三、謎語：

1. 一欉樹仔兩片葉，越來越去看燴著。

   Chìt châng chhiū á nng phǐⁿ hioh, oat lâi oat khì khòaⁿ bē tioh。

   （猜人體器官）

   答：耳仔（耳朵）

2. 內山一塊石，雨來沃燴著。

   Lāi soaⁿ chìt tè chioh, hō· lâi ak bē tioh。

   （猜人體器官）

   答：嘴舌（舌頭）

3. 一枝矸仔貯烏棗，日時開，暝時鎖。

   Chìt ki kan á té o· chó, jit sî khui, mê sî só。

   （猜人體器官）

   答：目睭（眼睛）

4. 椅仔頂拍鑼，椅仔腳尋無。

   Í á téng phah lô, í á kha chhōe bô。

   （猜人的生理現象一種）

   答：放屁

四、俗諺：

1. 一耳入，一耳出。

Chit hīⁿ jip, chit hīⁿ chhut。

（聽了，很快就忘記。）

2. 嘴飽，目毋飽。

　　Chhùi pá, bak m̄ pá。

（雖已吃飽，卻尚貪吃無饜。）

3. 十嘴，九尻川。

　　Chap chhùi, káu kha chhng。

（人多意見多。）

4. 目睭花花，瓠仔看做菜瓜。

　　Bak chiu hoe hoe, pû á khòaⁿ chò chhài koe。

（眼花，看錯東西。）

5. 大細目，高低耳。

　　Tōa sè bak, koân kē hīⁿ。

（謂處事不公平之意。）

6. 搖人無才，搖豬無刣。

　　Iô lâng bô châi, iô ti bô thâi。

（走路搖擺的人，是沒有才能者。）

7. 五枝指頭仔伸出無平齊。

　　Gō· ki chéng thâu á chhun chhut bô pêⁿ chê。

（雖是同胞兄弟姊妹，聰明才智各有不同。）

8. 囝仔人，尻川三斗火。

Gín á lâng, kha chhng saⁿ táu hóe。

（小孩血氣盛，不畏冷。）

9. 人心肝，牛腹肚。

Lâng sim koaⁿ, gû pak tó͘。

（人的慾望是無限的。）

10. 家己，看獪著耳仔。

Ka kī, khòaⁿ bē tio̍h hīⁿ á。

（自己看不到自己的缺點。）

11. 耳孔，塞破布。

Hīⁿ khang, that phòa pò͘。

（形容對別人的話充耳不聞。）

12. 嘴傳嘴，耳傳耳。

Chhùi thoân chhùi, hīⁿ thoân hīⁿ。

（口耳相傳。）

13. 目睭生佇頭殼頂。

Ba̍k chiu seⁿ tī thâu khak téng。

（眼睛長在頭上，形容驕傲自大。）

14. 嘴舌轉蓮花。

Chhùi chi̍h tńg liân hoe。

（形容很會說，很會吹牛的樣子。）

15. 目屎流，目屎滴。

Ba̍k sái lâu, ba̍k sái tih。

（形容淚眼汪汪之意。）

五、方言差異：

㈠方言差異

1. 雞　ke/koe
2. 八　peh/poeh
3. 下頦　ē hâi/ē hoâi

㈡語詞差異

1. 水果　chúi kó/果子　kóe chí
2. 曲痀　khiau ku/痀痀　ún ku
3. 歸工　kui kang/歸日　kui ji̍t

六、異用漢字：

1. (ba̍k chiu) 目睭／目珠
2. (chhùi) 嘴／喙
3. (ê) 的／兮／个
4. (khiau ku) 曲痀／翹痀
5. (lâng) 人／儂／農
6. (hō·) 予／互
7. (phah) 拍／扑／打

主題三
平安上歡喜（安全）

學習重點：

一、會用河洛語表達及分辨日常生活中「安全」與「不安全」的人、
事、地、物。

二、知道如何正確的操作各種生活用品。

三、能依安全的原則，確實做到各項動作。

四、在需要時會主動求援。

壹、本文

一、好奇囝仔
Hò·ⁿ　kî　gín　á

囝 Gín	仔 á	眞 chin	好 hò·ⁿ	奇 kî
看 khòaⁿ	人 lâng	在 teh	掠 liàh	魚 hî
一 chìt	下 ē	無 bô	張 tiuⁿ	持 tî
險 hiám	險 hiám	跋 poàh	落 lòh	去 khì

㈠註解：（河洛語——國語）

1. 囝仔(gín á) ——孩子
2. 掠魚(liàh hî) ——抓魚
3. 無張持(bô tiuⁿ tî) ——沒注意
4. 險險(hiám hiám) ——差一點兒
5. 跋落去(poàh lòh khì) ——跌下去

㈡應用範圍：

1. 四歲以上幼兒。

2. 與遊戲安全有關的主題。

㈢配合活動：

1. 請幼兒討論分享平日遊戲場上及河邊、水邊不小心的經驗及見聞、新聞事件。
2. 教師提供幼兒關於游泳、行走等危險情形的錄影帶書籍。
3. 共同討論如何注意人身安全，做出具體的建議。
4. 帶幼兒到庭院有水池的地方去實地示範、說明，並請幼兒練習一次如何才不會滑落水裡，熟念「好奇囝仔」。
5. 幼兒將夏天玩水或海邊景象畫下來，或想像、創作故事、扮演。

㈣教學資源：

關於安全的錄影帶及書籍

㈤相關學習：

認知、創造

二、擘栗子
Peh la̍t chí

阿　喜　阿　喜　擘　栗　子，
A　hí　A　hí　peh　la̍t　chí

栗　子　擘　獪　開，
la̍t　chí　peh　bē　khui

阿　喜　舉　損　捶，
A　hí　gia̍h　kòng　thûi

大　力　捶，
tōa　la̍t　tûi

無　注　意，
bô　chù　ì

指　頭　仔　捶　一　下，
chéng　thâu　á　tûi　chi̍t　ē

腫　一　疊。
chéng　chi̍t　lûi

(一)註解：（河洛語──國語）

1. 擘(peh)──剝

2. 獪(bē)──不會

3. 舉(gia̍h)──拿起

4. 損捶(kòng thûi)──鎚子

5. 大力(tōa la̍t)──用力

6. 無(bô)──沒有

7. 指頭仔(chéng thâu á)──手指頭

8. 腫一壘(chéng chit lûi) ——腫一個包

㈡應用範圍：

1. 四歲以上幼兒。
2. 有關食物的單元、方案或活動。
3. 有關工具安全的單元、方案或活動。

㈢配合活動：

1. 請幼兒回想平日使用過什麼工具？每種工具用在什麼地方？使用工具時遇到什麼問題？
2. 準備各種有殼、無殼的種子（如：栗子、花生、瓜子、生毛豆或豌豆夾……），請幼兒用手試剝各種種子。一段時間後，再提供工具如剪刀、鎚子、螺絲起子、小刀供幼兒操作。
3. 討論分享剛才操作的心得，那種工具應該怎麼操作才安全。
4. 將剝（剪、切）開的殼及果實種子以白膠貼成一件創作作品。
5. 請幼兒介紹發表作品及製作時的經驗。
6. 將兒歌「擘栗子」以河洛語念一次，並討論其意義。
7. 師生共同念兒歌，並可依上述實際活動情況修改內容（如：栗子——改有殼花生、鎚子——改成小刀）。

㈣教學資源：

各種有殼或無殼種子、剪刀、鎚子、小刀、白膠、圖畫紙

㈤相關學習：

語言溝通、認知、創造、生活教育

三、平安上歡喜
Pêng an siōng hoaⁿ hí

行 啊 行 ， 行 路 行 路 邊 ，
Kiâⁿ a kiâⁿ kiâⁿ lō· kiâⁿ lō· piⁿ

看 啊 看 ， 車 輛 著 注 意 ，
khòaⁿ a khòaⁿ chhia liông tióh chù ì

路 裡 毋 通 耍 ，
lō· nih m̄ thang sńg

過 路 愛 細 膩 ，
kòe lō· ài sè jī

平 平 安 安 媽 媽 上 歡 喜 。
pêng pêng an an ma ma siōng hoaⁿ hí

㈠註解：（河洛語──國語）

1. 上歡喜(siōng hoaⁿ hí)──最高興

2. 行(kiâⁿ)──走

3. 著(tióh)──必須

4. 路裡(lō· nih)──路上

5. 毋通耍(m̄ thang sńg)──不要遊玩

6. 愛細膩(ài sè jī)──要小心

㈡應用範圍：

1. 五歲以上幼兒。

2. 交通安全的單元或方案、活動。

㈢配合活動：

1. 教師及幼兒分享馬路上的見聞，歸納出三種號誌燈。
2. 以河洛語正確說出號誌名稱。
3. 利用廢物做交通號誌和馬路，再用模型車、小玩偶，佈置成馬路街景，讓幼兒分配角色扮演過馬路。
4. 帶幼兒討論分享不同的行走情況，應如何保持安全，以河洛語將本首兒歌念出。

㈣教學資源：

紙盒或紙箱、色紙、膠水、通草、紙板、顏料、剪刀、膠帶

㈤相關學習：

創造表現及想像、認知、社會情緒

四、騙仙仔
Phiàn sian á

弟 弟 乖，妹 妹 乖，
Ti ti koai me me koai

糖 仔、尪 仔 予 恁 猜，
thôg á ang á hō͘ lín chhai

放 風 吹，看 天 鵝，
pàng hong chhoe khòaⁿ thian gô

阿 姨 焦 你 去 迌 迌，
a î chhōa lí khì chhit thô

多 謝 你，我 毋 捌 你，
to siā lí góa m̄ bat lí

無 欲 綴 你 去。
bô beh tòe lí khì

㈠註解：（河洛語——國語）

1. 騙仙仔(phiàn sian á) ——騙子

2. 糖仔(thôg á) ——糖果

3. 尪仔(ang á) ——玩具

4. 予恁猜(hō͘ lín chhai) ——讓你們猜猜看

5. 風吹(hong chhoe) ——風箏

6. 焦(chhōa) ——帶

7. 迌迌(chhit thô) ——遊玩

8. 毋捌你(m̄ bat lí) ——不認識你

9. 無欲(bô beh) ——不要

10. 綴(tōe) ──跟

㈡應用範圍：

1. 四歲以上幼兒。

2. 適用於戶外教學前。

3. 有關身體安全與防範拐騙的安全教育。

㈢配合活動：

1. 教師角色扮演故事
   故事內容：
   ⑴玲玲在家附近玩的時候，有一位阿姨告訴他：「你的媽媽要阿姨來找你。」並拿出糖果、玩具給玲玲，要帶她到阿姨家等媽媽。
   ⑵一人在家時，有人按門鈴，自稱是修水管工人，要求小朋友開門。
   ⑶放學時，有位不認識的伯伯自稱是爸爸的朋友，並說要帶小朋友去找爸爸。

2. 討論以上三則故事中，有什麼相同之處？

3. 討論遇到這些情形該怎麼做，請小朋友自由發表。

4. 請小朋友分組演出以上三則故事，並演出處理的方式。

5. 教師念出兒歌讓小朋友跟著念。

㈣**教學資源**：
　　角色扮演道具如手提包、帽子、糖果、玩具

㈤**相關學習**：
　　創造與表現、語文、社會情緒

五、哎喲
Ai ioh

哎 喲 ， 我 予 滾 水 燙 著 ！
Ai ioh góa hō· kún chúi thǹg tio̍h

哎 喲 ， 我 予 瓦 斯 燒 著 ！
Ai ioh góa hō· oá su sio tio̍h

哎 喲 ！ 哎 喲 ！
Ai ioh Ai ioh

水 及 火 眞 厲 害 ，
Chúi kap hóe chin lī hāi

我 哪 會 毋 知 ？
góa ná ē m̄ chai

(一)註解：（河洛語──國語）

1. 予 (hō·) ──給
2. 滾水 (kún chúi) ──開水
3. 燙著 (thǹg tio̍h) ──燙到
4. 燒著 (sio tio̍h) ──燒到
5. 哪會 (ná ē) ──怎麼會
6. 毋知 (m̄ chai) ──不知道

(二)應用範圍：

1. 四歲以上幼兒。

2. 有關意外災害、身體安全的單元或方案、活動。

3. 有關烹煮及使用電器的生活安全。

㈢配合活動：

1. 小朋友圍成圈，教師放音樂表示打開電源，小朋友開始傳球。

2. 傳球中教師打響板，表示電源轉換，球反方向傳。

3. 傳球中教師打鼓，表示觸電，小朋友抱球跳起來。

4. 當音樂停止，表示關閉電源，傳球動作即停止。

5. 討論用電注意事項，請小朋友自由發表。

6. 念兒歌：a.教師拍打節奏吟唱兒歌。

　　　　　b.以響板拍打節奏吟唱本首兒歌。

㈣教學資源：

收音機、錄音帶、球、響板、鼓

㈤相關學習：

節奏、感覺情緒、語言溝通

六、安全园第一
An choân khǹg tē it

我 的 幼 稚 園 ， 設 備 眞 正 好 ，
Góa ê iù tī hn̂g siat pī chin chiàⁿ hó

大 家 做 伙 來 迌 迌 ，
tāi ke chò hóe lâi chhit thô

挍 千 秋 、 矻 硞 板 、 趨 石 撈 ，
hàiⁿ chhan chhiu khit khok pán chhu chio̍h lu

耍 水 耍 沙 攏 總 有 ，
sńg chúi sńg soa lóng chóng ū

老 師 講 ， 毋 通 硞 著 頭 殼 ，
lāu su kóng m̄ thang kho̍k tio̍h thâu khak

撞 著 鼻 。
tōng tio̍h phīⁿ

(一)註解：（河洛語——國語）

1. 园(khǹg) ——放；擺
2. 做伙(chò hóe) ——一起
3. 迌迌(chhit thô) ——玩
4. 挍千秋(hàiⁿ chhan chhiu) ——盪鞦韆
5. 矻硞板(khit khok pán) ——蹺蹺板
6. 趨石撈(chhu chio̍h lu) ——溜滑梯
7. 耍(sńg) ——玩
8. 攏總(lóng chóng) ——全部；都

9. 毋通(m̄ thang) ——不要

10. 硞著(khók tióh) ——碰到

11. 頭殼(thâu khak) ——頭部

12. 撞著(tōng tióh) ——撞到

㈡應用範圍：

1. 四歲以上幼兒。

2. 適用於新生入園時。

3. 有關學校、好玩的玩具等單元或主題。

㈢配合活動：

1. 教師介紹園中的各項設備，請部分幼兒分享使用過的經驗。

2. 討論哪種最危險，應該如何預防危險。

3. 請幼兒設計及製作危險標誌，分別貼示在運動設備上。

4. 教師帶幼兒念誦這首歌謠。

5. 將遊戲場地上的活動畫下來。

㈣教學資源：

翹翹板、溜滑梯……等遊樂設施

㈤相關學習：

認知、社會情緒、情緒（安全感）、創造表現

七、阿旺看卡通
A ōng khòaⁿ khah thong

阿旺阿旺，
A ōng A ōng

歸工看卡通，
kui kang khòaⁿ khah thong

看甲歸個人戇戇。
khòaⁿ kah kui ê lâng gōng gōng

看著阿媽，
Khòaⁿ tioh a má

叫阿公。
kiò a kong

看著青燈，
Khòaⁿ tioh chheⁿ teng

伊喝停停停。
i hoah thêng thêng thêng

看著紅燈，
Khòaⁿ tioh âng teng

伊喝衝衝衝。
i hoah chhiong chhiong chhiong

(一)註解：（河洛語──國語）

1. 歸工(kui kang)──整天

2. 看甲(khòaⁿ kah)──看得

3. 歸個人(kui ê lâng)──整個人

4. 戇戇(gōng gōng)──傻傻呆呆
5. 看著(khòaⁿ tiòh)──看到
6. 阿媽(a má)──祖母
7. 阿公(a kong)──祖父
8. 青燈(chheⁿ teng)──綠燈
9. 伊(i)──他
10. 喝(hoah)──喊

㈡應用範圍：

1. 五歲以上幼兒。
2. 有關交通安全的單元或主題。

㈢配合活動：

1. 教師及幼兒分享馬路上的見聞，請幼兒討論車禍的各種原因，
   如喝酒、愛睏並引導出三種號誌燈。
2. 以河洛語正確說出號誌名稱。
3. 師生共同參考電視廣告設計交通事故的故事，如某人愛睏發
   生的事或一面走路一面玩，說話發生的事等等。帶領幼兒念
   「阿旺看卡通」。
4. 利用廢物做交通號誌和馬路，再用模型車、小玩偶，佈置成馬
   路街景，讓幼兒分配角色扮演過馬路。
5. 討論分享不同的行走情況應如何保持安全，包括不能遊戲、追
   逐、東張西望等。再以河洛語將本首兒歌念出。

㈣教學資源：

紙盒或紙箱、色紙、膠水、通草、紙板、顏料、剪刀、膠帶

㈤相關學習：

創造表現、認知、社會情緒

八、麒麟鹿欲坐車
Kî lîn lȯk beh chē chhia

麒 麟 鹿 欲 坐 車，
Kî lîn lȯk beh chē chhia

白 兔 仔 講：
pȯh thò͘ á kóng

你 額 頸 長，身 軀 大，
Lí ām kún tn̂g seng khu tōa

頭 殼 及 脚，
thâu khak kap kha

會 伸 出 去 窗 仔 外，
ē chhun chhut khì thang á gōa

若 欲 坐，
nā beh chē

著 去 坐 超 級 的 大 卡 車。
tiȯh khì chē chhiau kip ê tōa khah chhia

㈠註解：（河洛語──國語）

1. 麒麟鹿(kî lîn lȯk)──長頸鹿

2. 欲(beh)──要

3. 白兔仔(pȯh thò͘ á)──小白兔

4. 領頸(ām kún)──脖子

5. 身軀(seng khu)──身體

6. 頭殼(thâu khak)──頭

7. 窗仔(thang á)──窗戶

8. 著(tioh)──要；必須

㈡應用範圍：

1. 四歲以上幼兒。
2. 有關交通的單元、方案、或活動。
3. 有關動物的活動。

㈢配合活動：

教師提供坐公車的經驗，或做經驗分享，再進行以下活動：

1. 幼兒討論過那些動物個子大，那些小，幼兒自由選擇喜愛的動物。請幼兒變成各種小動物並分別在不同的地點等候列車。
2. 以繩子圍成橢圓形，前後各有一位幼兒或教師拉住繩頭尾當司機、列車長，逐站停靠並讓小動物們上車。
3. 上完車後，由司機及列車長拉住繩索走動，教師宣布列車開往各處再回到原站。
4. 等所有的幼兒都上車，車子越來越擠，有些幼兒必須下去，幼兒決定那個動物先下車。
5. 教師帶幼兒念「麒麟鹿，欲坐車」。
6. 分享討論：
   ⑴車內很擁擠時是什麼感覺？
   ⑵在車子擁擠時什麼方式才安全？應該注意什麼？
   ⑶如果你是司機或列車長，你會喜歡怎樣的客人？
   ⑷如果沒有人下車，會有什麼結果？

⑸被迫下車感覺如何？

_____

㈣教學資源：

繩索

_____

㈤相關學習：

身體感覺情緒、社會情緒、認知

貳、親子篇

一 個 囝 仔
Chi̍t　ê　gín　á

一　個　囝　仔，
Chi̍t　ê　gín　á

摼　著　索　仔，
kê ⁿ　tio̍h　soh　á

碰　著　桌　仔，
pōng　tio̍h　toh　á

壓　著　糕　仔，
teh　tio̍h　ko　á

挵　破　甌　仔，
lòng　phòa　au　á

摃　著　狗　仔，
kòng　tio̍h　káu　á

狗　仔　該　該　叫，
káu　á　kaiⁿ　kaiⁿ　kiò

講　欲　抹　藥　仔。
kóng　beh　boah　io̍h　á

㈠註解：（河洛語——國語）

1. 囝仔(gín á) ——孩子

2. 摼著(kê ⁿ tio̍h) ——絆到

3. 索仔(soh á) ——繩子

4. 桌仔(toh á) ——桌子

5. 糕仔(ko á) ——糕

6. 挵破(lòng phòa) ——打破

7. 甌仔(au á) ——小茶杯

8. 摃著(kòng tiòh) ——打到

9. 狗仔(káu á) ——小狗

10. 該該叫(kain kain kiò) ——狗叫聲

11. 講欲(kóng beh) ——說要

12. 抹藥仔(boah iòh á) ——擦藥

㈡活動過程：

1. 家長和幼兒角色互換，家長扮小孩邊念「一個囝仔」兒歌，一邊配合兒歌內容模擬其中動作。

2. 家長繼續模擬身體受傷疼痛的樣子，並說：「我好痛喔！」讓小爸爸小媽媽主動付出關懷與安慰。家長感激小爸爸小媽媽的關懷與愛心並相互擁抱親吻。

3. 家長和小爸爸小媽媽討論在家中可能會導致身體受到傷害的原因（儘量由小爸爸小媽媽來解答這些問題）。及如何避免危險的發生，使身體不受到傷害。

4. 家長教念「一個囝仔」兒歌來感謝幼兒。告訴他們如何保護自己與注意安全表達謝意。

5. 恢復原來的角色後，親子一起共念兒歌。

叁、補充參考資料

一、生活會話：

毋通耍

老　　師：小朋友，恁有愛耍無？

小朋友：有喔！

老　　師：愛耍無要緊，但是恁知影有什麼毋通耍無？

小　　英：老師，我知影，電毋通耍。

小　　美：海邊、溪邊，毋通耍。

阿　　中：行路毋通耍。

阿　　福：佇車內毋通耍。

阿　　明：老師，是為什麼咧？

老　　師：因為較會發生危險，所以毋通去耍，安全上要緊。

M̄ thang sńg

Lāu su：Sió pêng iú，lín ū ài sńg bô？

Sió pêng iú：Ū ơ！

Lāu su：Aì sńg bô iàu kín，tān sī lín chai iáⁿ ū sím mih
　　　　m̄ thang sńg bô？

Sió eng：Lāu su，góa chai iáⁿ，tiān m̄ thang sńg。

Sió bí：Hái piⁿ、khe piⁿ，m̄ thang sńg。

A tiong：Kiâⁿ lō͘ m̄ thang sńg。

A hok：Tī chhia lāi m̄ thang sńg。

A bêng：Lāu su，sī ūi sím mih leh？

Lāu sū：In ūi khah ē hoat seng gûi hiám，só· í m̄ thang khì sńg， an choân siōng iàu kín。

二、參考語詞：（國語──河洛語）

1. 燒到──燒著（sio tiòh）

2. 割到──割著（koah tiòh）

3. 撞到──挵著（lòng tiòh）

4. 踢到──踢著（that tiòh）

5. 壓到──壓著（teh tiòh）

6. 絆到──捯著（kêⁿ tiòh）

7. 打到──拍著（phah tiòh）

8. 燙到──燙著（thǹg tiòh）

9. 刺到──刺著（chhak tiòh）

10. 傷到──傷著（siong tiòh）

11. 電到──電著（tiān tiòh）

12. 淋到──沃著；淋著（ak tiòh; lâm tiòh）

13. 夾到──夾著（giap tiòh）

14. 咬到──咬著（kā tiòh）

15. 叮到──叮著（tèng tiòh）

16. 啄到──啄著（tok tiòh）

17. 抓到──抓著（指甲、爪牙） (jiàu tiòh）

18. 曬到──曝著（phak tiòh）

19. 悶到——翕著(hip tio̍h)

20. 捉到——掠著(lia̍h tio̍h)

21. 沾到——沐著(bak tio̍h)

22. 跌倒——跋倒(poa̍h tó)

23. 摔下來——摔落來(siak lo̍h lâi)

24. 滾下來——輪落來(lìn lo̍h lâi)

25. 熱開水——燒滾水(sio kún chúi)

26. 漏電——漏電(lāu tiān)

27. 瓦斯——瓦斯(oá su)

28. 開關——開關(khai koan)

29. 電源——電源(tiān goân)

30. 插頭——插頭(chhah thâu)

31. 插座——插座(chhah chō)

32. 玩火——耍火(sńg hóe)

33. 玩水——耍水(sńg chúi)

34. 爬樹——距樹仔(peh chhiū á)

35. 走右邊——行正旁(kiâⁿ chiàⁿ pêng)

36. 走左邊——行倒旁(kiâⁿ tò pêng)

37. 跑跳——闖跳(chhông thiàu)

38. 躲開——走閃(cháu siám)

39. 爬上爬下——距高距低(peh koân peh kē)

40. 滑倒——滑倒；趨倒(ku̍t tó; chhu tó)

41. 搖搖晃晃——搖搖撼撼(iô iô hián hián)

三、謎語：

1. 銅船載險貨，綢緞做路過。

   Tâng chûn chài hiám hòe, tiû toān chò lō͘ kòe。

   （猜一種電器用品）

   答：熨斗

2. 尖嘴鳥，鐵骨翅，咬一嘴，行一步。

   Chiam chhùi chiáu, thih kut sit, kā chit chhùi, kiâⁿ chit pō͘。

   （猜一種家庭用具）

   答：鉸刀（剪刀）

3. 一隻顧門狗，一步也獪走，主人揞一下，伊才會開嘴。

   Chit chiah kò͘ mn̂g káu, chit pō͘ iā bē cháu, chú lâng tuh chit ē, i chiah ē khui chhùi。

   （猜一種家庭用具）

   答：鎖頭

四、俗諺：

1. 三日無餾，距上樹。

   Saⁿ jit bô liū, peh chiūⁿ chhiū。

   （任何事，幾天沒有用功，就會生疏。）

2. 火燒厝，燒過間。

   Hóe sio chhù, sio kòe keng。

   （火燒房屋，燒到隔壁，受了連累。）

3. 水火，無情。

Chúi hóe, bô chêng。

（水災與火災，是災情最慘的。）

4. 有路毋行，行山坪。

Ū lō͘ m̄ kiâⁿ, kiâⁿ soaⁿ phiâⁿ。

（平坦的路不走，卻要走山路。徒勞無益。）

5. 有幸，有不幸。

Ū hēng, ū put hēng。

（人有幸運者，有不幸者。）

6. 芎蕉皮，會滑倒人。

Kin chio phôe, ē kut tó lâng。

（做事不能大意，雖是弱小，也不能輕忽。）

7. 距愈高，跋愈深。

Peh lú koân, poah lú chhim。

（爬得越高，跌下來越危險。）

8. 食緊，摃破碗。

Chiah kín, kòng phòa oáⁿ。

（欲速不達，事急易損。）

9. 草仔枝，會搟倒人。

Chháu á ki, ē kêⁿ tó lâng。

（雖是草枝，也會絆倒人，謂不可輕視對方。）

10. 細孔毋補，大孔叫苦。

Sè khang m̄ pó͘, tōa khang kiò khó͘。

（防於小，以免成大禍。）

11. 顧得前，無顧得後。

Kò͘ tit chêng, bô kò͘ tit āu。

（只顧前面，沒顧到後面。）

12. 舉鐵錘，損額。

Giáh thih thûi, kòng hiáh。

（自己惹起來的禍害。）

五、方言差異：

㈠方音差異

1. 獪　bē／bōe
2. 指頭仔　chéng thâu á／chńg thâu á
3. 過路　kòe lō͘／kè lō͘
4. 細膩　sè jī／sòe jī
5. 風吹　hong chhoe／hong chhe
6. 迫迌　chhit thô／thit thô
7. 綴　tòe／tè
8. 火　hóe／hé
9. 青　chhe^n／chhi^n

㈡語詞差異

1. 細膩　sè jī／注意　chù ì
2. 做伙　chò hóe／做陣　chòe tīn
3. 趨石撈　chhu chioh lu／撈樓仔　lu lâu á
4. 捚千秋　hāiⁿ chhan chhiu／捚公秋　hāiⁿ kong chhiu
5. 歸工　kui kang／歸日　kui jit
6. 麒麟鹿　kî lîn lok／長頸鹿　tn̂g kéng lok／長頷鹿　tn̂g
   ām lok

六、異用漢字：

1. (gín á) 囝仔／囡仔
2. (teh) 在／塊／咧
3. (peh) 擘／剝
4. (bē) 獪／袂／昧
5. (giah) 舉／攑
6. (sńg) 耍／倏
7. (siōng) 上／尚
8. (hō·) 予／互
9. (chhit thô) 迌迌／佚陶／彳亍
10. (chhōa) 炁／帶／撤
11. (m̄) 毋／吥／嗯／不／怀
12. (bat) 捌／識
13. (khit khok pán) 矻碌板／櫼涸板

14. (chhan chhiu) 千秋／韆鞦
15. (hàiⁿ) 挶／晃
16. (ê) 的／兮／个
17. (lòng) 挵／撞
18. (beh) 欲／卜／懜／要
19. (kap) 及／佮
20. (lâng) 人／農／儂
21. (kha) 腳／跤

主題四
身軀愛清氣（衛生保健）

學習重點：

一、熟悉各種清潔方法的河洛語。

二、認識正確的保健方法，並保護身體的健康。

三、養成良好的衛生習慣。

壹、本文

一、阿兄瘦比巴
A hiaⁿ sán pi pa

阿兄、阿兄
A hiaⁿ a hiaⁿ

勢揀食，
gâu kéng chiah

食甲瘦比巴，
chiah kah sán pi pa

兩支脚親像白鴒鷥脚。
nñg ki kha chhin chhiūⁿ peh lēng si kha

(一)註解：（河洛語──國語）

1. 阿兄(a hiaⁿ) ──哥哥
2. 勢揀食(gâu kéng chiah) ──很挑食
3. 食甲(chiah kah) ──吃得
4. 瘦比巴(sán pi pa) ──瘦巴巴
5. 親像(chhin chhiūⁿ) ──好像
6. 白鴒鷥(peh lēng si) ──白鷺鷥

(二)應用範圍：

1. 四歲以上幼兒。
2. 有關身體保健、飲食營養的主題。

㈢配合活動：

1. 老師將兒歌帶讀數次，問幼兒平日吃什麼飯菜？有什麼東西不吃？有誰「勞揀食」？
2. 老師將詩歌內容逐句念出。
3. 老師隨意示範兩組句。

   如：「阿兄阿兄勞揀食」，問幼兒「食什麼」？幼兒回答時可以
   　　改變吃的食物，如雞腳、黃瓜、蘿蔔。

   歸結：「阿兄阿兄食雞腳……阿兄瘦比巴」。（兩句可顛倒唸）

4. 鼓勵幼兒練習組句，老師和幼兒一起將剛才分享過的吃飯習慣試著以「吃飯配……」「吃××配……」將個人經驗組合出來。

   註：可將其他單元之舊經驗做為提示運用。

5. 隨機共同分享「吃飯八分飽」及「不挑食」的生活習慣。

㈣教學資源：

其他單元可用之食物圖卡、本詩歌中相關名稱的個別圖卡

㈤相關學習：

生活自理、認知、語言溝通

二、逐項食

Tak　hāng　chiah

貓　仔　愛　食　魚，
Niau　á　ài　chiah　hî

其　他　無　趣　味。
kî　thaⁿ　bô　chhù　bī

兔　仔　愛　食　菜，
Thò͘　á　ài　chiah　chhài

魚　肉　伊　無　愛。
hî　bah　i　bô　ài

我　是　逐　項　食，
Góa　sī　tak　hāng　chiah

猶　是　我　上　乖。
iáu　sī　góa　siōng　koai

(一)註解：（河洛語──國語）

1. 逐項食(tak hāng chiah)──樣樣都吃
2. 貓仔(niau á)──貓
3. 食魚(chiah hî)──吃魚
4. 無趣味(bô chhù bī)──沒興趣
5. 兔仔(thò͘ á)──兔子
6. 伊(i)──牠
7. 無愛(bô ài)──不愛
8. 猶是(iáu sī)──還是

9. 上乖(siōng koai)──最乖

㈡應用範圍：

1. 四歲以上幼兒。
2. 有關動物習性（飲食）的方案或單元。
3. 用餐點前的生活教育。

㈢配合活動：

1. 先用河洛語問幼兒「兔仔愛食啥？」「貓仔愛食啥？」再問幼兒「你愛食啥？」
2. 請幼兒扮演各種動物，並問他們「合意食啥？」例如「羊仔羊仔，你合意食啥？」
3. 帶領幼兒彼此猜猜對方最愛吃什麼。
4. 帶領幼兒念誦「逐項食」這項歌謠；然後，再將歌謠中動物名稱改成幼兒的姓名，然後反問「你有什麼無合意食？」待回答某食物後，讓幼兒圍坐討論各種食品的好處，做價值澄清。
5. 將平日吃的食物畫下來比較自己愛吃那些動物的食物。也將這些動物如猴子、貓熊、老虎等愛吃的食物畫下來。

㈣教學資源：

較寬敞的場地

㈤相關學習：

認知及語言溝通、情緒、創造

三、起 雞 母 皮
Khí　ke　bú　phê

阿 弟 阿 弟，
A　tī　a　tī

無 穿 裘 仔 無 穿 鞋，
bô　chhēng　hiû　á　bô　chhēng　ê

身 軀 寒 甲 起 雞 母 皮，
seng　khu　kôaⁿ　kha　khí　ke　bú　phê

趕 緊 入 去 厝 內 底，
kóaⁿ　kín　jip　khì　chhù　lāi　té

飲 一 碗 薑 母 茶，
lim　chit　oáⁿ　kiuⁿ　bú　tê

連 鞭 變 做 一 隻 活 跳 蝦。
liâm　piⁿ　piàn　chò　chit　chiah　oáh　thiàu　hê

(一)註解：（河洛語——國語）

1. 起雞母皮(khí ke bú phê) ——起雞皮疙瘩

2. 無(bô) ——沒有

3. 裘仔(hiû á) ——指外套

4. 身軀(seng khu) ——身體

5. 寒甲(kôaⁿ kah) ——冷得

6. 趕緊入去(kóaⁿ kín jip khì) ——趕快進去

7. 厝內底(chhù lāi té) ——屋子裏

8. 飲(lim) ——喝

9. 連鞭(liâm piⁿ) ──馬上

㈡應用範圍：

1. 四歲以上幼兒。
2. 有關身體感覺的主題。
3. 配合季節變化時保暖的生活教育。

㈢配合活動：

1. 教師先帶領幼兒念誦這首兒歌，再將幼兒帶至戶外空曠的場地，設一個起點(甲)地，再設一個終點乙，請幼兒模仿蝦子從甲跳到乙。(旁邊的小朋友幫忙念誦這首兒歌，在小朋友念完這首兒歌之前要跳到終點。)
2. 幼兒從外面回到教室後，請幼兒分享戶外活動時身體的感覺？請幼兒躺在地上感覺地板的溫度，請幼兒跟著老師的敘述，也配合輕柔的音樂引導進入冰冷的世界，想像自己在一個寒冷的地方，有什麼感覺？你會用什麼動作或什麼方式讓自己不覺得冷？
3. 與幼兒分享冷、熱的感覺？你喜歡那一種？為什麼？
4. 帶領幼兒念誦這首兒歌。
5. 和幼兒討論如何幫助那些受凍的人？以及發現有人衣服穿得不夠時，請幼兒示範要如何幫助他？

㈣**教學資源**：

　　輕柔的音樂、較寬敞的場地

㈤**相關學習**：

　　大肌肉運動、語言溝通、感覺、音樂、認知、社會情緒

四、好 朋 友
Hó pêng iú

雪 文 是 我 的 好 朋 友，
Sat bûn sī góa ê hó pêng iú

共 我 鬥 洗 脚 手。
kā góa tàu sé kha chhiú

手 巾 仔 是 我 的 好 朋 友，
Chhiú kin á sī góa ê hó pêng iú

共 我 拭 面 拭 手。
kā góa chhit bīn chhit chhiú

感 謝 我 的 好 朋 友。
Kám siā góa ê hó pêng iú

(一)註解：（河洛語──國語）

1. 雪文(sat bûn)──肥皂

2. 共(kā)──和；跟

3. 鬥(tàu)──幫忙

4. 洗脚手(sé kha chhiú)──洗手脚

5. 手巾仔(chhiú kin á)──手帕

6. 拭面拭手(chhit bīn chhit chhiú)──擦臉擦手

(二)適用範圍：

1. 四歲以上幼兒。

2. 有關清潔、衛生的方案或單元。

3. 日常生活教育。

㈢配合活動：

1. 和幼兒討論什麼是正確的洗手方法？需要那些清潔用品？正確的使用方法為何？

2. 帶領孩子念誦「好朋友」這首歌謠。

3. 讓孩子各自圈選出一種清潔用品，將圖文畫在紙上，貼在背後，並邊念歌謠，邊找尋自己的「好朋友」(「好朋友」不受本童詩的限制)。教師增加配對的種類和數量，(例如：筆和紙，衣服和衣架)，讓幼兒自由走來走去去尋找好朋友。

4. 教師可以變化玩法，例如：請幼兒蒙上眼睛找朋友，訂立找對或找錯的規則。讓遊戲複雜化、趣味化。

5. 請孩子分享如何去找尋好朋友？當遇到好朋友時，心情又有什麼感覺？

㈣教學資源：

紙、畫筆

㈤相關學習：

人際關係及語言溝通、認知、生活自理

五、身軀愛清氣
Seng khu ài chheng khì

我 的 身 軀 清 氣 清 氣 ，
Góa ê seng khu chheng khì chheng khì

大 家 看 著 攏 合 意 ；
tāi ke khòaⁿ tioh lóng kah ì

阿 和 的 身 軀 垃 圾 離 囉 ，
A hô ê seng khu lah sap lî lo

哈 哈 哈
ha ha ha

無 人 愛 及 伊 迌 迌 ！
bô lâng ài kap i chhit thô

(一)註解：（河洛語──國語）

1. 身軀(seng khu) ──身體

2. 清氣(chheng khì) ──乾淨

3. 看著(khòaⁿ tioh) ──見到

4. 攏合意(lóng kah ì) ──都喜歡

5. 垃圾離囉(lah sap lî lo) ──骯髒邋遢

6. 無人(bô lâng) ──沒有人

7. 及(kap) ──和

8. 伊(i) ──他

9. 迌迌(chhit thô) ──玩耍

㈡**應用範圍**：

1. 四歲以上幼兒。
2. 有關衛生保健的方案或單元。
3. 日常生活教育。

㈢**配合活動**：

1. 教師用手套偶以河洛語說故事，一個是兔寶寶，白白淨淨，一個是沒有洗澡的流浪狗，兩個小動物見面，兔寶寶躲開小狗，小狗哭着抱怨。遇到其他小動物（紙杯盤做偶）如貓、白鵝，等，其他小動物也一一地躲開牠。
2. 請幼兒說說為什麼小動物都去找兔寶寶，躲開小狗？請幼兒為它解決問題。
3. 幼兒續將故事接下去、演完。
4. 討論什麼條件是「清氣」的，如：整齊、常洗手、洗腳，常刷牙等。
5. 將這些條件列出選出班上最「清氣」的小朋友，為他舉行儀式或獻花；全班共同製作禮物，並給以配樂。

㈣**教學資源**：

教室內小用品，如：紙盤、杯、舊手套、彩色筆

㈤相關學習：

創造、語言溝通、社會情緒、認知

六、阿桃及阿圖
A thô kap A tô·

阿桃 阿桃
A thô A thô

食飯 食菜 食水果
chiah pn̄g chiah chhài chiah chúi kó

食甲 身體 有夠好
chiah kah sin thé ū kàu hó

阿圖 阿圖
A tô· A tô·

愛食 豬脚箍
ài chiah ti kha kho·

食甲 大大箍
chiah kah tōa tōa kho·

行一下路 就喝艱苦
kiân chit ē lō· chiū hoah kan khó·

(一)註解：（河洛語──國語）

1. 及(kap) ──和

2. 食(chiah) ──吃

3. 食甲(chiah kah) ──吃得

4. 有夠好(ū kàu hó) ──非常好的意思

5. 豬脚箍(ti kha kho·) ──豬脚塊

6. 大大箍(tōa tōa kho·) ──很胖的意思

7. 行(kiân) ──走

8. 喝(hoah) ——喊

9. 艱苦(kan khó·) ——痛苦或辛苦

㈡應用範圍：

1. 四歲以上幼兒。

2. 關於自我形象的活動主題。

3. 日常生活教育。

㈢配合活動：

1. 帶領幼兒念誦「阿桃及阿圖」的歌謠，並和幼兒討論阿桃為什麼身體好？阿圖為什麼身體胖胖的？

2. 敲打各種樂器，讓小朋友聽聽，什麼聲音感覺起來像瘦的？什麼聲音又像胖胖的？

3. 再敲打樂器，請孩子聽完音樂後，自認為屬於這音樂的幼兒便站出來（如聽到「瘦」的音樂，瘦的幼兒便站出來），討論分享怎樣才算胖和瘦？怎樣才是健康？

4. 將已分好代表不同感覺之樂器配上歌謠，例如：大鼓鈸配合「阿圖」的部分念誦，小鈴、木魚配合「阿桃」的部分念誦。

5. 幼兒亦可用聲音將歌謠的感覺念出，例如用低沈音來念阿圖、用清脆音來念阿桃，或由幼兒選擇自己喜歡的歌謠中角色並分開念誦或比賽念誦。

㈣**教學資源**：

　各種樂器、圖片

㈤**相關學習**：

　音律、認知、感覺、情緒

貳、親子篇

食 藥 仔
Chiah ioh á

去 迌 迌 ， 淋 著 雨 ，
Khì chhit thô lâm tioh hō·

煞 發 燒 ， 著 食 藥 。
soah hoat sio tioh chiah ioh

這 藥 水 ， 誠 歹 飲 ，
Che ioh chúi chiâⁿ pháiⁿ lim

這 藥 粉 ， 足 歹 吞 。
che ioh hún chiok pháiⁿ thun

媽 媽 講 ： 病 欲 好 ，
Ma ma kóng pēⁿ beh hó

歹 飲 歹 吞 ， 嘛 著 忍 。
pháiⁿ lim pháiⁿ thun mā tioh jím

㈠註解：（河洛語──國語）

1. 迌迌(chhit thô) ──玩

2. 煞(soah) ──遂；竟然

3. 著食藥(tioh chiah ioh) ──得吃藥

4. 誠歹飲(chiâⁿ pháiⁿ lim) ──很難喝

5. 足歹吞(chiok pháiⁿ thun) ──難下嚥

㈡活動過程：

1. 將舊報紙摺成狹長型放在地面上，親子牽手邊念「食藥仔」邊從左邊並腳跳到右邊，每三個字跳一下。

2. 請爸媽分享幼兒生病時爸媽的心情和照顧幼兒的情形。

3. 請幼兒說說吃藥的感覺，藥粉像什麼？藥丸又像什麼？為什麼生病時要吃藥？

4. 親子討論怎麼樣預防可以讓自己不會常生病？

叁、補充參考資料

一、生活會話：

予醫生看

小明：媽媽，我腹肚痛痛。

媽媽：是毋是食歹腹肚。

小明：我轉來的時，食一碗蚵仔麵線，閣飲一碗綠豆冰。

媽媽：你就是食燒食冷，烏白食，才會按呢。有漏屎無？

小明：才一兩擺爾爾。

媽媽：猶是來去予醫生看一下較好。

小明：按呢，媽媽，你焄我來去。

Hō· i seng khòaⁿ

Sió bêng：Ma ma，góa pak tó· thiàⁿ thiàⁿ。

Ma ma：Sī m̄ sī chiảh pháiⁿ pak tó·。

Sió bêng：Góa tńg lâi ê sî，chiảh chit oáⁿ ô á mī sòaⁿ，
koh lim chit oáⁿ lẻk tāu peng。

Ma ma：Lí chiū sī chiảh sio chiảh léng，o pẻh chiảh，chiảh
ē àn ne。Ū làu sái bô？

Sió bêng：Chiah chit nn̄g pái niā niā。

Ma ma：Iáu sī lâi khì hō· i seng khòaⁿ chit ē khah hó。

Sió bêng：Àn ne，ma ma，lí chhōa góa lâi khì。

二、參考語詞：（國語──河洛語）

1. 健康──健康；康健；勇健(kiān khong; khong kiān; ióng kiāⁿ)

2. 生病──破病(phòa pēⁿ)

3. 打針──注射(chù siā)

4. 吃藥──食藥仔(chiảh iỏh á)

5. 醫院──病院(pēⁿ īⁿ)

6. 病人──病人(pēⁿ lâng)

7. 病房──病房(pēⁿ pâng)

8. 外科──外科(gōa kho)

9. 內科──內科(lāi kho)

10. 小兒科──小兒科(sió jî kho)

11. 眼科──眼科(gán kho)

12. 牙科──齒科(khí kho)

13. 醫生──醫生；先生(i seng; sian siⁿ)

14. 門診──門診(mn̂g chín)

15. 藥房──藥房(iỏh pâng)

16. 護士──護士(hō͘ sū)

17. 藥粉──藥粉(iỏh hún)

18. 藥水──藥水(iỏh chúi)

19. 藥丸──藥丸(iỏh oân)

20. 藥膏──藥膏(iỏh ko)

21. 掛號──掛號(kòa hō)

22. 住院——入院(jip īⁿ)

23. 出院——出院(chhut īⁿ)

24. 開刀——手術(chhiú sút)

25. 處方——藥單(ioh toaⁿ)

26. 照X光——照X光；照電光(chiò X kong; chiò tiān kong)

27. 體溫表——磅針；度針(pōng chiam; tō· chiam)

28. 發燒——發燒(hoat sio)

29. 量體溫——量體溫(niû thé un)

30. 量脈博——量脈；節脈(niû mē; chat mē)

31. 量血壓——量血壓(niû hiat ap)

32. 呼吸——喘氣(chhóan khùi)

33. 發炎——發炎(hoat iām)

　　　　　發瘍(hoat hông)

34. 細菌——細菌(sè khún)

35. 蛔蟲——蝒蟲(bīn thâng)

36. 便秘——秘結(pì kiat)

37. 拉肚子；腹瀉——漏屎(làu sái)

38. 棉花棒——棉仔球(mî á kiû)

39. 咳嗽——嗽(sàu)

40. 吐痰——吐痰(phùi thâm)

41. 上吐下瀉——漏吐(làu thò·)

42. 忽冷忽熱——發燒畏寒(hoat sio ùi kôaⁿ)

43. 反胃——反腹(péng pak)

44. 預防針——預防射(ū hông siā)

45. 種痘——種珠(chèng chu)

46. 疫苗——疫苗(ėk biâu)

47. 血型——血型(hoeh hêng)

48. 風疹——起清茂(khí chhìn bō·)

49. 病歷——病歷(pēⁿ lėk)

50. 痛——痛(thiàⁿ)

51. 癢——癢(chiūⁿ)

52. 蛀牙——蛀齒(chiù khí)

53. 潰瘍——潰瘍(khùi iông)

54. 消化——消化(siau hòa)

55. 發抖——疲疲掣(phî phî chhoah)

56. 冷汗——清汗(chhìn kōaⁿ)

57. 頭痛——頭殼痛(thâu khak thiàⁿ)

58. 酸痛——疫痛(sng thiàⁿ)

59. 不舒服——無爽快(bô sóng khòai)

60. 倦怠——厭倦(ià siān)

61. 氣喘病——嗄病(he ku)

62. 打呃——應呃；拍呃(in eh; phah eh)

63. 打噴嚏——拍呵啾(phah ka chhiùⁿ)

64. 呵欠——呵嘻(hah hi)

65. 鼾聲——kô·ⁿ(kô·ⁿ)

66. 腫——腫(chéng)

67. 痱子——痱仔(pùi á)

68. 着涼——寒著(kôaⁿ tiȯh)

69. 中暑——熱著(joȧh tiȯh)

70. 水泡——水著(chúi pha)

71. 瘀血——凝血(gêng hoeh)

72. 麻──麻(bâ)

73. 昏倒──昏去(hūn khì)

74. 昏迷──毋知人(m̄ chai lâng)

75. 白癡；傻瓜──倥的；戇的(khong ê; gōng ê)

76. 抽筋──搐筋(kiù kin)

77. 近視──近視(kīn sī)

78. 耳鳴──耳孔鬼仔ōng ōng哮(hīⁿ khang kúi á ōng ōng háu)

79. 砂眼──砂目；砂眼(soa ba̍k; soa gán)

80. 沙啞──嗄聲(sau siaⁿ)

81. 口吃──大舌(tōa chi̍h)

82. 牙痛──嘴齒痛(chhùi khí thiàⁿ)

83. 啞巴──啞口(é káu)

84. 耳聾──臭耳人(chhàu hīⁿ lâng)

85. 瞎子──青暝(chheⁿ mê)

86. 治療──治療(tī liâu)

87. 熱敷──用燒水敷(ēng sio chúi ù)

88. 冷敷──用冷水敷(ēng léng chúi ù)

89. 肚子痛──腹肚痛(pak tó͘ thiàⁿ)

90. 傷口──孔嘴(khang chhùi)

91. 傳染──傳染(thoân jiám)

92. 結疤──堅疕(kian phí)

93. 骨折──斷骨(tn̄g kut)

94. 脫臼──脫輪；脫臼(thut lûn; thut khū)

95. 麻醉──麻醉(bâ chùi)

96. 感冒──感冒(kám mō͘)

97. 流行性感冒——流行感冒(liû hêng kám mō͘)

98. 暈——眩(hîn)

99. 青春痘——痲仔(thiâu á)

100. 生瘡——生粒仔(seⁿ liȧp á)

101. 麻疹——出癖(chhut phiȧh)

102. 大脖子——大頷胿(tōa ām kui)

103. 腮腺炎——豬頭肥(ti thâu pûi)

三、謎語：

1. 有聲無影，有味素，無鹹汫。

   Ū siaⁿ bô iáⁿ, ū bī sò͘, bô kiâm chiáⁿ。

   （猜人體一種生理行為）

   答：放屁

2. 一個鼓仔通通，跋落水底無當摸。

   Chȧt ê kó͘ á thong thong, poȧh lȯh chúi té bô tàng bong。

   （猜人體一種生理行為）

   答：放屎（大便）

3. 不管歡喜抑傷心，兩條水龍射落來。

   Put koán hoaⁿ hí ah siong sim, nn̄g tiâu chúi lêng siā lȯh lâi。

   （猜一種生理行為）

   答：流目屎（流眼淚）

四、俗諺：

1. 萬金良藥，不如無病。

   Bān kim liông ió̤h, put jû bô pēⁿ。

   （身體健康比任何良藥都好。）

2. 倩鬼醫病。

   Chhiàⁿ kúi i pēⁿ。

   （存心找死。）

3. 氣死，驗無傷。

   Khì sí, giām bô siong。

   （勸人不要生氣、生氣，何苦呢？）

4. 趁錢有數，性命著顧。

   Thàn chîⁿ iú sò͘, sèⁿ miā tió̤h kò͘。

   （身體要緊，不能只顧賺錢。）

5. 食著藥，青草一葉，食毋著藥，人參一石。

   Chiā̤h tió̤h ió̤h, chheⁿ chháu chi̍t hió̤h, chiā̤h m̄ tió̤h ió̤h, jîn som chi̍t chió̤h。

   （下藥要對症，不然再高貴的藥也是沒有用。）

6. 好額毋值得會食，好命毋值得勇健。

   Hó giā̤h m̄ ta̍t tit ē chiā̤h, hó miā m̄ ta̍t tit ióng kiāⁿ。

   （能吃身體健康就是福氣。）

7. 久病，成醫。

Kú pēⁿ, sêng i。

（久病的人，因有經驗，反可爲人看病。）

8. 出山了，請醫生。

Chhut soaⁿ liáu, chhiáⁿ i seng。

（葬儀後，才請醫生，已過了時。）

9. 有病死，無枵死。

Ū pēⁿ sí, bô iau sí。

（人不會餓死，都是病死的。）

10. 家己病，膾使醫。

Ka kī pēⁿ, bē sái i。

（醫生不能醫自己的病，顧慮較多。）

11. 飯後行百步，較好開菜鋪。

Pn̄g āu kiâⁿ pah pō·, khah hó khui chhài pho·。

（飯後的散步，對身體很好。）

五、方言差異：

㈠ 方音差異

1. 雞母皮　ke bú phôe/koe bú phê
2. 鞋　ê/ôe
3. 內底　lāi té/lāi tóe

4. 變做　piàn chò/piàn chòe

5. 洗腳手　sé kha chhiú/sóe kha chhiú

6. 手巾仔　chhiú kin á/chhiú kun á

7. 迌迌　chhit thô/thit thô

8. 病　pēⁿ/pīⁿ

㈡ **語詞差異**

1. 雪文　sat bûn／茶箍　tê kho·

2. 水果　chúi kó／果子　kóe chí/ké chí

六、異用漢字：

1. (kha) 腳／跤

2. (sán) 瘦／瘠

3. (kah ì) 合意／愜意／甲意

4. (chhit thô) 迌迌／佚陶／彳亍

5. (hoah) 喝／喊

6. (gâu) 勢／賢

7. (siōng) 上／尚

8. (tàu) 鬥／逗

9. (ê) 的／个／兮

10. (liâm piⁿ) 連鞭／黏邊

11. (kā) 共／給

12. (lim) 飲／啉

13. (chhù) 厝／茨

14. (beh) 欲／卜／要／慘

《麒麟鹿欲坐車》光碟曲目對照表

曲目	內　　容	曲目	內　　容
A1	河洛語聲調及發音練習	B5	五、哎喲
A2	**主題一　真伶俐（我是好寶寶）** 壹、本文 　　一、真伶俐	B6	六、安全園第一
		B7	七、阿旺看卡通
		B8	八、麒麟鹿欲坐車
A3	二、真失禮	B9	貳、親子篇- 一個囝仔
A4	三、人客來	B10	參、補充參考資料
A5	四、橫仔	B11	**主題四　身軀愛清氣（衛生保健）** 壹、本文 　　一、阿兄瘦比巴
A6	五、大漢啊		
A7	貳、親子篇- 我嘛會		
A8	參、補充參考資料	B12	二、逐項食
A9	**主題二　心肝仔（身體）** 壹、本文 　　一、目睭耳鼻嘴	B13	三、起雞母皮
		B14	四、好朋友
		B15	五、身軀愛清氣
A10	二、心肝仔	B16	六、阿桃及阿圖
A11	三、坐趨趨	B17	貳、親子篇- 食藥仔
A12	四、一放雞	B18	參、補充參考資料
A13	貳、親子篇- 阿修阿修		
A14	參、補充參考資料		
B1	**主題三　平安上歡喜（安全）** 壹、本文 　　一、好奇囝仔		
B2	二、擘栗子		
B3	三、平安上歡喜		
B4	四、騙仙仔		

國家圖書館出版品預行編目資料

麒麟鹿欲坐車／方南強等編. -- 初版. -- 臺北市：
　遠流, 2002 [民 91]
　　　面；　公分　--（歡喜念歌詩；1）（鄉土教學・
　河洛語）

　　ISBN 957-32-4546-9（全套：平裝附光碟片）.
　-- ISBN 957-32-4547-7（第 1 冊：平裝附光碟片）.

859.8　　　　　　　　　　　　　　91000575

歡喜念歌詩 ❶ - 麒麟鹿欲坐車

指導委員◎方炎明　古國順　田英輝　李宏才　幸曼玲　林文律　林佩蓉
　　　　　唐德智　陳益興　許明珠　趙順文　蔡春美　蔡義雄　蘇秀花
編輯委員◎方南強（召集人，童詩寫作，日常會話及各類參考資源）
　　　　　漢菊德（編輯大意：教材意義、組織及其使用主筆，教學活動規劃、修編）
　　　　　王金選（童詩寫作）
　　　　　李素香（童詩寫作）
　　　　　林武憲（童詩寫作）
　　　　　陳恆嘉（童詩寫作）
　　　　　毛穎芝（教學活動）
　　　　　吳美慧（教學活動）
　　　　　陳晴鈴（教學活動）
　　　　　謝玲玲（美編、內文版型設計）
內文繪圖◎謝玲玲　林恆裕　楊巧巧　林俐萍　台北市民族國小美術班
封面繪圖◎郭國書
封面構成◎黃馨玉
出　　版◎遠流出版事業股份有限公司・正中書局股份有限公司
印　　刷◎寶得利紙品業有限公司

發 行 人◎王榮文
出版發行◎遠流出版事業股份有限公司
地　　址◎台北市汀州路三段184號7樓之5
電　　話◎(02)23651212
傳　　真◎(02)23657979
郵　　撥◎0189456-1

香港發行◎遠流（香港）出版公司
地　　址◎香港北角英皇道310號雲華大廈四樓505室
電　　話◎(852)25089048
傳　　真◎(852)25033258
香港售價◎港幣100元

著作權顧問◎蕭雄淋律師
法 律 顧 問◎王秀哲律師・董安丹律師

2002年2月16日　初版一刷
行政院新聞局局版臺業字第1295號
售價◎300元（書+2CD）
如有缺頁或破損，請寄回更換
ISBN 957-32-4546-9（套）
ISBN 957-32-4547-7（第一冊）

ＹＬ遠流博識網 http://www.ylib.com
　　　　　　　E-mail:ylib@ylib.com

想像力與愛心的兒童土地自覺及自信

新家園◆繪本系列

淡江大學建藝系主任 鄭晃二・策劃

1 城市庭園

文、圖／葛達・穆勒
譯／曹慧

　小維和家人新搬到城市的一間房子來，最令人高興的是，還有一座大花園，甚至種著幾株老樹，雖然環境有些髒亂，但是他們相信有朝一日，這兒會是一座最美麗的「城市庭園」。

　從園藝的歡樂中，開啟觀照周遭環境的視野，體驗大自然生生不息的奧妙，學習社區營造的第一步。

社區規劃師 謝慧娟推薦

定價280元

2 三隻小狼和大壞豬

文／尤金・崔維查
圖／海倫・奧森貝里
譯／曾陽晴

　小狼為了建蓋一間舒適的房子，處心積慮的防禦大壞豬的破壞，一次又一次的失敗，最後終於讓他們找到了好辦法。

　體會生活周遭的藝術和美感，以及環境影響人的行為與氣質的重要性，學習社區營造的第一步。

樂山文教基金會執行長 丘如華推薦

定價280元

3 橘色奇蹟

文、圖／丹尼・平克華特
譯／畢恆達

　有一天，一隻冒失的鴿子銜著一桶油漆飛過梅豆豆家上空，不小心在屋頂上留下了一個很大的橘色斑點，為他帶來了靈感，也影響了其他人，最後甚至改變了這條街。

　每個人都有能力創造與改造空間，空間將因此越加豐富，大家也在參與中得到成長，學習社區營造的第一步。

國立台灣大學 建築與城鄉研究所副教授
畢恆達推薦

定價240元

4 天堂島

文、圖／查爾斯・奇賓
譯／王淑宜

　天堂島不是什麼名勝，但是亞當熱愛它。因為這裡住著他所認識的人們，不分職業、不論貧賤，彼此相知相惜，亞當衷心欣賞這些老鄰居，也一直慶幸有他們陪伴。直到有一天……

　傾聽各種不同的聲音，尋找社區生活的價值，學習社區營造的第一步。

作家，新故鄉文教基金會董事長
廖嘉展推薦

定價260元

5 街道是大家的

文／庫路撒
圖／墨尼卡・多朋
譯／楊清芬

　一個發生在南美洲委內瑞拉的真實故事。有一群小朋友因為居住的地方，連個遊戲、活動的區域都沒有，經過一連串的努力，他們終於喚起大人們的注意，而營造一個兒童們的遊戲場，最後變成了所有人共同的事。

　即使是小朋友，對於自己的生活環境也可以有自己的主張，只有自己才能真正代表自己、爭取自己參與公共空間決定的權力，學習社區營造的第一步。

淡江大學建築系主任 鄭晃二推薦

定價280元